KAYODE

O CAÇADOR DE HISTÓRIAS

ALAN ALVES BRITO

KAYODE

O CAÇADOR DE HISTÓRIAS

Todos os direitos desta edição reservados à Malê Editora e
Produtora Cultural Ltda.
Direção: Francisco Jorge & Vagner Amaro

Kayode: O caçador de histórias
ISBN: 978-65-87746-61-6
Ilustração de Capa: Rodrigo Candido
Capa: Dandarra de Santana
Edição: Marlon Souza
Revisão: Cristiane Fogaça
Diagramação: Maristela Meneghetti

Texto revisado segundo o novo Acordo Ortográfico da Língua Portuguesa.
Proibida a reprodução, no todo, ou em parte, através de quaisquer meios.

DADOS INTERNACIONAIS DE CATALOGAÇÃO NA PUBLICAÇÃO (CIP)
Vagner Amaro – Bibliotecário - CRB-7/5224

B862k Alves-Brito, Alan
        Kayode: O caçador de histórias / Alan Alves Brito.
– Rio de Janeiro: Malê, 2021.
    p. 132; 21cm.
    ISBN: 978-65-87746-61-6

    1. Romance Brasileiro I. Título
                                        CDD – B869.3

Índice para catálogo sistemático: Romance: Literatura brasileira B869.3

Rua Acre, 83, sala 202, Centro. Rio de Janeiro
www.editoramale.com.br
contato@editoramale.com.br

Apresentação

Kayode: o caçador de histórias traz como personagem principal um menino de 15 anos, falante de Yorubá, filho de Ìyá Oká, tataraneto de uma princesa do reino Ojuobá, onde nasceu, numa região isolada do planeta Igbó, na cidade de Keturumí, cercada pela temida Floresta Encantada e pelos povos Dan, inimigos seculares do povo de Ojuobá. Ao longo da vida, Kayode descobre-se *omorode*, uma criança especial cujos poderes lhe permite falar com os animais. Isolado pelos colegas que o consideram diferente, Kayode terá, como parte do seu odù (destino), seguir rumo à Floresta Encantada com Merê, seu grande amigo, por quem devota um amor que sequer eles mesmos compreendem. A cidade de Keturumí é cercada por 16 portões mágicos, protegidos por anciões e anciãs, guardiões dos segredos do Universo. Como parte de um encantamento, os guardiões dos 16 portões mágicos são picados por "aranhas contadoras de histórias" e, por isso, passam a esquecer. Kayode terá que, sozinho, dar conta dos seus pavores mais secretos e cruzar a temida Floresta Encantada para enfrentar a misteriosa e pavorosa serpente do pote de barro, que guarda um pó mágico capaz de libertar Merê e todo o reino de Ojuobá da morte do esquecimento. Ao longo da narrativa, Kayode apresenta sua mãe, seus mais velhos e mais velhas e as estruturas opressoras de poder que estão dadas em existências melaninadas de um planeta distante, em que tecnologias ancestrais entram em cena e mundos mágicos da cosmologia yorubana são apresentados com lirismo e verdade, desenhando outros futuros possíveis. Ao longo do livro, Kayode experimenta sensações humanas profundas como o amor, o respeito, o medo, a liberdade e a morte. Na travessia existencial pela Floresta Encantada, em que sujeito-objeto-natureza são apresentados de um jeito visceral, ele encontra-se consigo mesmo em encruzilhadas do destino que tanto quer desvelar, convidando os leitores à reflexão, às vivências que mesclam narrativas do passado-presente para tecer histórias de um futuro nunca imaginado antes.

Notas do Autor

Os elementos da cultura Yorubá que são introduzidos na história são baseados em leituras do autor a variados livros e artigos produzidos por pesquisadores e escritores africanos e brasileiros como: Félix Ayoh'Omidire, Oyèrónké Oyéwùmí, Mãe Stella, Vilson Caetano, Márcio de Jagun, Pierre Verger, Carybé, além das próprias vivências do autor no Ilê Axé Ogunjá no Recôncavo da Bahia e no Grupo de Estudos *"Antigas Sociedades Yorubás"* do Núcleo de Estudos Afro-Brasileiros, Indígenas e Africanos da UFRGS. Conceitos científicos, mesmo quando livremente adaptados para exprimir contextos poéticos e de imaginação, são baseados nas leituras acumuladas do autor de livros, textos e artigos de divulgação científica ao longo de sua formação. O autor ressalta que o presente texto exercita o livre pensamento e é também um convite à imaginação, à fantasia, à oralidade e à escrita criativa. O autor agradece especialmente à Comunidade Kilombola Morada da Paz, Território de Mãe Preta, exemplo de luta, resistência e de organização cosmopolítica no interior do Brasil profundo, fonte de inspiração para seguirmos contando e defendendo as nossas histórias, atravessando as "Florestas Encantadas" na luta coletiva contra os povos "Dan".

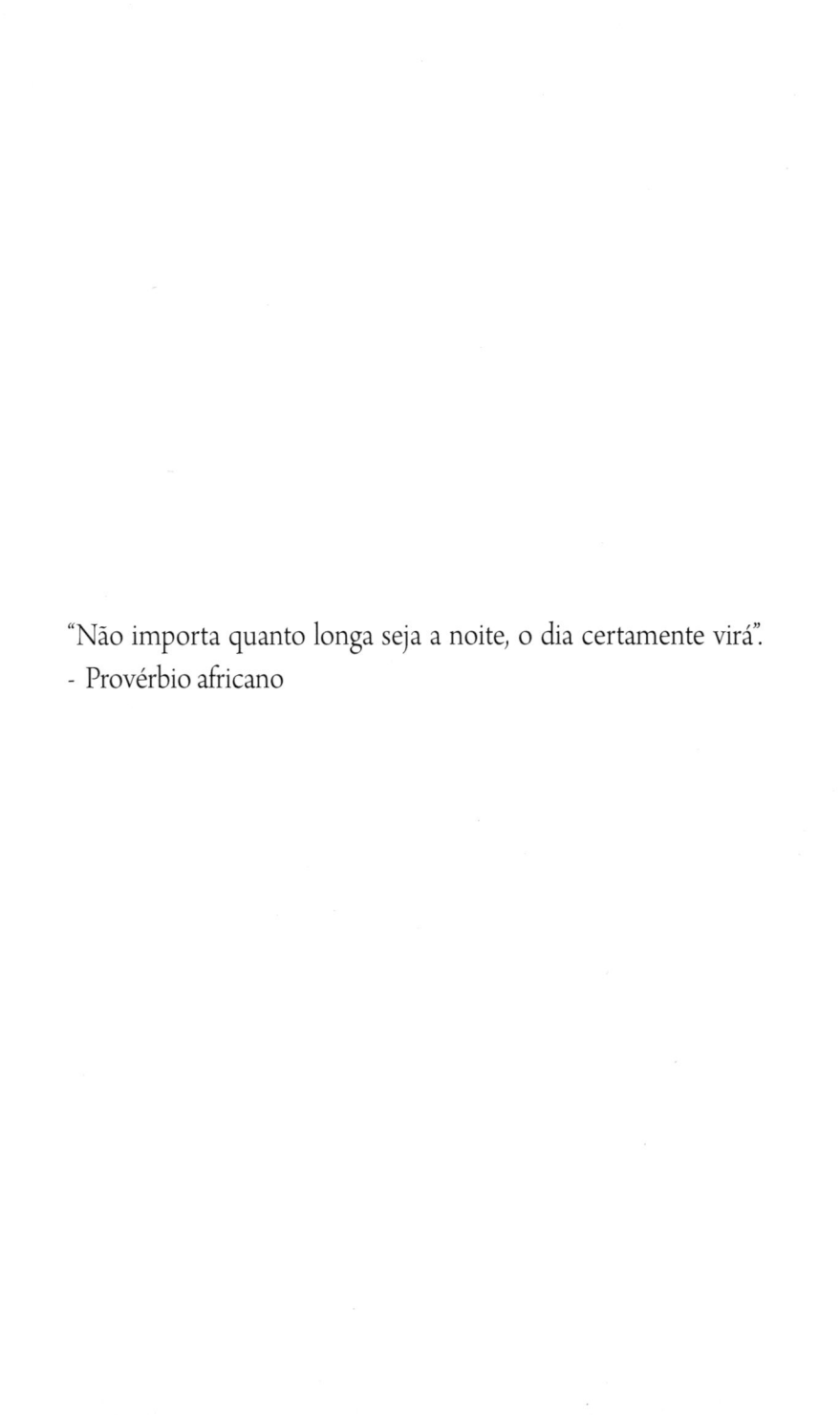

"Não importa quanto longa seja a noite, o dia certamente virá".
- Provérbio africano

Carta de Introdução

Eu me chamo Kayode. Tenho quinze anos, sou filho de Ìyá[1] Oká, tataraneto de uma princesa do reino Ojuobá[2], onde nasci, em uma região isolada do planeta Igbó[3]. Na minha cidade, Keturumí[4], somos quinze mil pessoas melaninadas. Falamos Yorùbá[5], uma das línguas milenares que sobreviveram às tiranias dos povos dos reinos Dan, falantes de línguas estrangeiras, que vivem em terras pouco amistosas ao norte de Ojuobá. Passados milênios, o Yorùbá manteve sua força tonal, fonética, guardiã dos mistérios, do *awo*[6] do nosso povo, que também conhece o *asé*[7], o princípio de força do tecido cósmico do Universo.

Em meio a inúmeras tecnologias, as casas do reino são feitas da argila que brota do solo, de um insumo composto de matéria exótica descrita por nossos ancestrais em terras distantes. A cidade tem um raio aproximado de vinte quilômetros, rodeada por um imenso aglomerado de flora tropical, a Floresta Encantada, ligada a Keturumí por meio de dezesseis portões que, segundo os nossos mais velhos, são protegidos pelos *olúwos*[8], anciões dominadores

---

[1] *Ìyá*: mãe.
[2] *Ojuobá*: olhos (*ojú*) do rei (*obá*).
[3] *Igbó*: nome de uma aldeia e seu povo, na Nigéria, África.
[4] *Keturumí*: neologismo, a partir de Ketu, cidade Yorùbá da região da Nigéria.
[5] *Yorùbá*: etnia. Agrupamento cultural. Idioma tonal africano (atual Nigéria) de forte contribuição à cultura brasileira. Língua ritual nas comunidades de terreiros na diáspora africana.
[6] *Awo*: segredo, mistério.
[7] *Asé*: força criadora de todos os seres e elementos do Universo, poder.
[8] *Olúwos*: guardiões dos segredos.

de *ifá*[9], um dos mais importantes dispositivos tecnológicos desenvolvidos no nosso reino, capaz de nos conduzir a experiências espaço-temporais que mesclam sensações de passado, presente e futuro.

A Floresta Encantada é um lugar proibido para as pessoas do reino. Foi-nos ensinado, desde cedo, que somente os anciões e as anciãs, em situações particulares, poderiam adentrá-la. Os aventureiros que lá entraram nunca retornaram para contar o que lhes aconteceu. Crescemos curiosos, especulando sobre a vida na Floresta.

Para além dos limites da Floresta Encantada, a cidade de Keturumí é cercada por outros povoamentos a norte, sul, leste e oeste, cada um deles com suas peculiaridades, leis, tradições, conflitos, padrões éticos e morais e desenvolvimentos científicos e tecnológicos. Cada um desses lugares é composto por pessoas diferentes de nós: cor, feitio do nariz, espessura do cabelo, formato dos olhos e da boca e percepção da realidade. Esse conjunto de reinos, designados Dan, tentam, há milênios, dominar o nosso povo para ter acesso aos fundamentos e mistérios do Universo, guardados por nós.

As nossas famílias vivem em casas coletivas, espalhadas pelas cidades, havendo, ao longo do tempo, intercâmbios entre os diversos grupos familiares e linhagens ancestrais. No nosso reino, de acordo com os ensinamentos dos mais velhos, quanto maior a quantidade de filhos numa família, mais farta essa será e mais poderoso será o seu *asé*, o princípio de força e de existência que cultivamos coletivamente.

No entanto, às mulheres de Ojuobá lhes foi negada, nos últimos cem anos, a possibilidade de constituir famílias, destino

---

[9] *Ifá*: oráculo yorubano, composto de coquinhos de dendezeiros.

imposto por feiticeiros dos reinos Dan, visando marcá-las com a melancolia e condená-las à solidão. Há, na cidade, uma seiva especial plantada na terra, nas raízes de uma árvore ancestral. Essa seiva é conhecida por umbu, formada por um composto retirado do código genético de abelhas melíferas, extintas em alguns lugares do Universo. O nosso povo preserva, na Floresta Encantada, esse tipo particular de abelhas. Ao se transportar de uma flor para outra, crucial para a fecundação, as abelhas polinizam setenta por cento dos vegetais, considerados ancestrais por nossa comunidade, o que reserva cuidados especiais de plantio, colheita e partilha.

Preocupados com a manutenção da nossa história, o nosso povo desenvolveu uma tecnologia para que as mulheres de Ojuobá subvertessem o destino a elas imposto e parissem seus filhos forjados da Natureza. Desenvolvemos um processo de fertilização de pessoas a partir de uma mistura de umbu com as cinzas de homens e mulheres do reino que foram mortos muitos séculos antes, após o aparecimento de uma praga que, de acordo com os mais velhos, foi enviada pelos feiticeiros das "terras de cima", dos reinos Dan, nossos vizinhos continentais, com o intuito de nos exterminar, dominar os nossos segredos e punir as mulheres e as crianças do reino. As cinzas fertilizantes são guardadas em moringas de barro, enterradas no solo, próximo a uma cachoeira localizada no coração da Floresta Encantada, lugar proibido para os jovens do reino. Eu mesmo fui implantado no útero de minha mãe a partir desse material.

Mas, como se não bastasse, nasci *omorodé*[10]. Em Ojuobá, as crianças *omorodé* são particularmente especiais. Raras e sensíveis, nascemos com uma cicatriz no rosto: um *ofá*[11], que aponta para

---

[10] *Omorodé*: filho/amante (*omo*) do caçador (*odé*).

[11] *Ofá*: arco e flecha, insígnia do orixá Osóssi.

o passado, presente e futuro e acalma os espíritos inquietos da Floresta Encantada. Somos capazes de conversar com os animais. Na comunidade, no entanto, as pessoas *omorodé* são consideradas diferentes, anormais e doentes. Sofremos preconceitos por ser quem somos. Tenho que operar ajustes emocionais para processar quem sou, como vim ao mundo e como o meu passado encontra o presente e o futuro.

Surpreendido muitas vezes pelas reações estranhas das pessoas, me vejo perdido dentro da minha própria história, dando voltas no labirinto da vida, tentando satisfazer o que os outros, por meio da palavra, querem que eu seja, enquanto o meu corpo e minhas emoções seguem trajetórias contrárias. Não tenho tido tempo de ser quem sou, de viver como gostaria de viver. Num misto de cansaço, de solidão, carrego um fardo, uma missão, uma responsabilidade com o meu povo que me lembra todos os dias que, antes de mim, tantos outros vieram e que, para conseguir engendrar a minha missão, será preciso coragem, enfrentando os medos mais secretamente guardados. Para obter êxito, terei de aprisionar os fantasmas da dúvida e os sentimentos que dilaceram a minha autoestima.

Apesar das inúmeras perguntas que tenho sobre quem sou, de onde vem o mundo e por que estou aqui, as coisas iam bem até que os segredos do Universo encontraram-se uma vez mais ameaçados pelos reinos Dan e, sem desconfiar do que o destino me reservava, tive de enfrentar um dos maiores desafios de minha curta existência, confrontando as fraquezas e a humanidade dolorida para, enfim, evitar a maior de todas as tragédias: o desaparecimento do nosso povo, de nossa língua e de nossa história. E é sobre isso que passo a lhes contar.

1
Ìyá Oká

O tempo é uma incógnita. Tirano. Silencioso. Não linear. Imprudente. Um jogo de cartas embaralhadas que testa a nossa paciência. Por vezes, é uma pele de papel desbotada pela luz dos nossos olhos e dos seres que estão à nossa volta. Tenho apenas um pedido ao tempo, nosso encantado: gostaria de ter conhecido os meus antepassados. Queria ter visto o rosto dos meus tataravôs, bisavôs e avôs, tocado as suas rugas, ajudado-os a calçar os sapatos ou a mijar num penico na madrugada pouco antes do cantar do galo. Nada. Vazio. Nem uma palavra, nenhuma recordação, sensação de abraço ou de aconchego. Nem um olhar singelo sequer. Silêncio e nada mais.

Quando penso na ancestralidade, prospecto apenas um borrão na parede do esquecimento. Fico a pensar sobre o que adianta tantas tecnologias no meu reino se não posso desvelar o rosto das minhas mais velhas e de meus mais velhos, fingir que comi bolo de banana da terra na companhia de mulheres e homens que povoam, há anos, as memórias afetivas da minha cabeça. Não posso sequer reviver a memória descolada de que me sentei com eles à beira da fogueira rindo de histórias absurdas.

Tudo o que sei sobre as minhas avós e os meus avós, o que pensavam, sentiam e faziam, é pelos olhos e pela boca de minha mãe, Ìyá Oká. Foi ela quem me disse que a minha tataravó nasceu trezentos anos antes de mim, numa época difícil em que os povos Dan escravizavam o nosso povo. O processo de escravização foi uma ideia interplanetária que bateu à nossa porta e funcionou, justificando atrocidades. Era tudo o que Ìyá Oká me dizia, fugindo do assunto todas as vezes que a questionava. Era dolorido para ela e não insistia. Era capaz de enxergar nos seus olhos o desespero dos fótons de luz que lhe chegavam à retina embaçada pela dor. Nada desconcertava mais Ìyá Oká do que falar sobre a sua história e revisitar os velhos baús de naftalinas.

As minhas bisavós já viviam tempos em que parte da tecnologia desenvolvida pelos povos Dan era capaz de levá-los a outros planetas, a mundos diversos entre os inúmeros que existem na imensidão da escuridão do infinito lá fora. Havia satélites, aparelhos sofisticados de comunicação e dispositivos capazes de facilitar e prolongar a vida. Por falar em planetas, Igbó é um mundo marrom que soube encontrar o equilíbrio entre tecnologia e natureza, mas que, emocionalmente, sua gente segue aprisionada aos valores e sentimentos terráqueos, referência entre os povos Dan. Muitos dos nossos são incapazes de ver e sentir a magia da existência, pensada como verdadeira dádiva no caldeirão de incertezas e probabilidades das conexões cósmicas. E, de longe, os povos Dan são a expressão máxima desse mal. A verdade é que a experiência traumática por que passou o povo de Ojuobá, muitos séculos atrás, não foi cicatrizada. Desconfio que as cicatrizes jamais sairão da memória coletiva do nosso povo e, lá no fundo, sempre haverá a fresta da desconfiança e da desesperança, a sombra de quem resistiu com sua humanidade, mas que teve, a todo momento, que coabitar com os inimigos declarados, cínicos, sabotadores.

Segundo Ìyá Oká, nas poucas vezes que estava disposta a revisitar o passado, a minha tataravó era descendente da família real de um reino amigo de Ojuobá, destruído numa guerra com os povos Dan. Ri, com orgulho, quando soube que a tataravó era o próprio vento. Me enfureci como um leão faminto ao saber que, ainda criança, foi raptada do seu reino e levada a viver em terras distantes e que só anos depois conseguiu liberdade, mas, àquela altura, já havia se perdido da família, dos entes queridos, eventos sinistros que definiriam a nossa história, anos à frente.

Ìyá Oká, como outras mulheres de Ojuobá, carregava uma tristeza descomunal e permanente nos olhos, janelas de suas almas perturbadas, doídas, embora altivas. A sensação que tinha é que a minha mãe fora retirada de sua humanidade e sofria por isso. Sempre que a perguntava sobre o que era felicidade ela respondia sem hesitação:

– Felicidade é ser quem é, em plenitude, apegado às pequenas coisas da vida, aquelas que realmente importam. É aceitar o destino, ouvir os ensinamentos dos mais velhos, espalhar o amor, única coisa que de fato nos interessa nessa vida. O resto é perda de tempo, e Tempo é um deus, uma reza, um canto de paz.

– Mas, mãe, a gente não vê o amor – retruquei, querendo que ela falasse mais. E ela, com um leve sorriso no rosto, como se estivesse pedindo licença, respondeu:

– O amor é como o ar. A gente não o vê, mas ele está aí, livre, batendo ao nosso rosto, tentando nos soprar vida. É ele, o amor, que nos chama a construir caminhos bons de existência e resistência. O amor é o vento, a chuva, os rios, as florestas, a luz que nos ilumina, a natureza.

Minha mãe, Ìyá Oká, sempre carregou no semblante o peso da existência, embora muitas vezes nos doasse o seu sorriso leve como pena de pavão. Atenta e muito rápida em pensamentos, era compreensiva, amorosa, tinha uma capacidade indiscutível de contornar os problemas e de se levantar de cada tombo.

Ìyá Oká logo cedo entendeu que eu era diferente e me protegeu como as galinhas protegem os seus pintos. Cantava diariamente para mim as velhas cantigas em Yorùbá que havia aprendido com os antepassados. E foi assim que imprimiu a coragem na minha personalidade. Uma coragem por vezes clandestina, fujona, mas companheira. Quando conversava com minha mãe, ouvia não apenas a sua voz, suas ideias e experiências de vida, mas as de tantas outras mulheres que a finitude do mundo material me impediu de conhecer. As que vieram antes de nós.

Corajosa, Ìyá Oká fora iniciada nos segredos das folhas e das comidas do reino. Cuidava de tudo com muito carinho. Sempre me dizia que sem as folhas não haveria futuro. Que essa era a essência do planeta Igbó: a relação estreita de seu povo com a natureza, com o verde e com a floresta e que qualquer um que se desviasse do "estar naquele mundo de folhas" seria aniquilado, demorasse o tempo que fosse. Ìyá Oká era feroz defensora dos valores das florestas.

Minha mãe sabia contar as histórias dos alimentos, transformava-os e deles retirava *asè*, cura, felicidade. Me ensinou tantas coisas... Dizem que as mães são imprescindíveis para os filhos e que muitos de nós jamais conseguiremos romper os vínculos afetivos que nos ligam a elas, sobretudo nós, os meninos. Não há dito mais certo. Não sei viver sem Ìyá Oká. Sem ela a minha vida perde o sentido.

Certa vez, pouco depois do café da tarde, com o varal cheio de roupas, ela se encostou à cerca de arame farpado que separava a nossa casa das terras de um dos vizinhos favoritos, Babá[12] Megê, um homem inteligentíssimo, que forjava o ferro e manipulava peças de metal como ninguém lograva. Se autoproclamava artista, e assim o considerava, capaz de transformar toda sorte de ferro jogado ao vento em peça de arte do mais extremo valor. Grávida de oito meses, Ìyá Oká descansou o seu braço sobre a cerca enquanto conversava descontraidamente com Babá Megê, que lhe explicava a concepção por trás da nova peça de metal que estava preparando e que iria expor na cidade nos próximos meses. Era uma peça de arte em homenagem aos três irmãos dos caminhos na nossa cultura Yorùbá: Esú, Ogun e Osóssi[13]. Ìyá Oká e Babá Megê falavam com fluência das histórias dos três irmãos. Riam das aventuras que experimentaram juntos quando adolescentes nas escolas de Keturumí. Sempre desconfiei que por trás daquela amizade, entre aquelas duas almas livres, havia algo jamais consumado. Nunca vi minha mãe rindo para outro homem como o fazia para Babá Megê. Desfilava os dentes brancos grandes justapostos e bem acomodados em sua boca de lábios fartos e sedutores. Os olhares entrecruzados de Ìyá Oká e Babá Megê denunciavam a qualquer presente mais atento que havia desejo, cumplicidade e segredos entre os dois, ambos acariciados pelas vidas divergentes que tiveram que escolher. Babá Megê casou-se cedo com uma moça do reino. Como acontece em muitos casamentos, tudo não passou de contrato social formal, sem vida e paixão.

---

[12] *Babá*: pai.

[13] *Esú, Ogun e Osóssi*: deuses da cosmologia yorubana dos caminhos, da tecnologia e da caça, respectivamente.

Enquanto conversava com Babá Megê, sem se dar conta do que acontecia à sua volta por estar mergulhada em lembranças afetuosas, Ìyá Oká sentiu algo a lhe fazer cócegas embaixo do braço. Em princípio não se incomodou, pensando se tratar de algum besouro de antenas gigantes tão comum ali, de forma que sequer se deu ao trabalho de se desconcentrar da conversa carregada de significados com o velho artista. Não se moveu. As cócegas continuaram num ritmo frenético de forma a incomodá-la e a desconcentrá-la da conversa. Desatenta, passou a mão debaixo do braço quando sentiu um corpo cilíndrico e alongado coberto por escamas. Apalpou com cuidado aquele animal e notou, sem ainda olhá-lo diretamente, que não tinha orelhas e nem pálpebras; apresentava dentes longos e em forma de agulhas curvas. Sem acreditar, começou a pular dizendo que havia uma cobra embaixo do seu braço, enquanto Babá Megê corria para auxiliá-la a se livrar do animal, que, certamente, nunca quis machucá-la, mas que estava sendo importunado em sua casa. Nada passou à minha mãe, mas, desconfio, foi a partir daquele tremendo susto, ainda grávida de mim, que passei a sentir pavor incontrolável e insuperável das serpentes. Quando a minha mãe conta essa história, as sensações que experimentei enquanto ainda estava no quente do seu útero se fazem presentes mesmo nos dias de hoje: o coração acelera, o corpo sua, a respiração se descompassa e a cabeça dói. Mas, por muitos anos em nosso reino, usamos as proteínas encontradas no veneno das serpentes para produzir medicações. As serpentes geram medo, pavor, curiosidade e fascínio, mas representam também, para o nosso povo, imortalidade e a cura das doenças.

Ìyá Oká me ensinou a amar os bichos. Ela dizia que nós tínhamos medo deles tanto quanto eles tinham de nós. Repetia que não éramos superiores aos outros animais e às plantas. Me explicou, quando tinha cerca de cinco anos, que todos deveríamos coabitar a natureza e aquelas palavras nunca deixaram o meu corpo e abandonaram a minha essência. Segundo ela, por não respeitar esses princípios básicos, sociedades que nos antecederam não sobreviveram. Contava-me histórias horripilantes sobre o genocídio dos rios e dos peixes e como tudo aquilo contribuía para desequilibrar o *asé*, a força de vida do Universo.

    Quando era criança, a minha mãe me colocava para dormir contando histórias. Todos os dias ficava à espreita esperando o momento que as ouviria. Nunca sabia se eram verídicas ou inventadas, como os adultos faziam questão de distingui-las. Fingia dormir para que minha mãe seguisse, com sua voz macia, contando sobre a vida de personagens que, verdadeiras ou não, existiam em meus pensamentos. Era o momento que via Ìyá Oká dar o tom a cada palavra colocada, como se as palavras bailarinas fossem. Era ali que sentia o poder da palavra e deixava despertar em mim múltiplas sensações vindas de mundos imaginários. Mas também jogava...

    Em silêncio, criava outros finais para as histórias contadas. No meio das narrativas, Ìyá Oká emendava lindas cantigas, que já eram por si mesmas coleções de histórias vividas e reinventadas. Melodias nagôs. As histórias contadas traziam segredos e, segundo minha mãe, todos nós deveríamos estar dispostos a pagar com a própria vida para guardar os segredos, sobretudo quando eram alheios. Uma vez nos revelados, jamais deveríamos contá-los, partilhá-los por aí. Repetia que era crime ouvir os segredos dos outros por trás da porta. Então, na vida, repetia que eu deveria, como um *omorodé*, aprender a pisar leve, educar o ouvido para antever os perigos à volta e manejar a vida no segredo.

Entre as histórias que minha mãe contava, uma das prediletas era a de Odò Ìyá[14], filha de Olokum[15].

– *Nunca sabemos o que poderá acontecer amanhã. Tome, minha filha, carregue consigo essa garrafa com porção mágica. Nunca a deixe cair. Em caso de extrema necessidade, quebre a garrafa jogando-a no chão* – disse Olokum a Odò Ìyá, por ocasião da primeira festa de seu casamento.

Anos depois, Odò Ìyá tornou-se, numa cidade sagrada, a esposa de um rei, Olofim-Odudua, com quem gerou doze filhos, cujos nomes simbólicos estariam associados às expressões da natureza, força vital do nosso planeta. Sentia que a voz de minha mãe mudava quando ela me contava aquela história. Para ela, e para as mulheres do reino, a maternidade sempre foi uma questão. Como consequência de uma guerra entre o nosso povo e os povos Dan, anos antes, as mulheres de Ojuobá foram impedidas de gerar filhos. Homens e mulheres do nosso povo foram exterminados e, de suas cinzas acrescidas a um composto retirado do código genético de abelhas melíferas, a vida se fez possível em Ojuobá.

Entre os doze filhos gerados por Odò Ìyá, Oxumaré[16] era o arco-íris. Ele se deslocava com a chuva e retinha o fogo nos seus punhos. Xangô[17], o trovão, morava no interior dos vulcões. Ele era o vulcão. E eu via os olhos e a voz de minha mãe se alterarem quando balbuciava a palavra Xangô. Dizia que ele se destacava com a chuva e revelava os seus segredos. Que Xangô não gostava de mentiras e que sua justiça não deixava pedra sobre pedra. Que nada e nem ninguém fugia aos olhos e ouvidos atentos da justiça de Xangô.

---

[14] *Odò Ìyá*: mãe do rio.
[15] *Olokum*: deusa do mar na cosmologia yorubana.
[16] *Oxumaré*: deus da transformação na cosmologia yorubana.
[17] *Xangô*: deus da justiça na cosmologia yorubana.

Certo dia, cansada de amamentar tantos filhos e com os seios fartos e doloridos, Odò Ìyá resolveu fugir da cidade sagrada, em direção ao oeste, onde encontrou abrigo e se casou com Okere, rei de Xaki. Odò Ìyá era dona de uma beleza majestosa, de forma que o rei Okere não resistiu aos seus encantos e lhe propôs casamento.

– *Aceito me casar. Mas olhe para mim, para esses seios fartos e grandes. Você precisa me prometer que vai me aceitar do jeito que sou e jamais irá zombar de mim* – condicionou Odò Ìyá.

– *Claro, meu amor. Não importa a sua aparência. Lhe aceito assim como você é. A sua beleza interna é que importa para mim e você é formosa, Odò Ìyá!* – afirmou Okere.

Um dia, bêbado, após uma noitada fora de casa, Okere, sempre gentil e educado com Odò Ìyá, retornou para casa agressivo, sem saber ao certo o que dizia e o que fazia. Tropeçou em Odò Ìyá que, com raiva, o empurrou:

– *Afaste-se de mim. Você está bêbado. É um homem imprestável.*

– *E você? Com esses seios grandes, feios e trêmulos? Quem você pensa que é para falar assim comigo, eu que sou o seu marido?*

O mundo de Odò Ìyá se partiu ao meio. Aquelas palavras invadiram a sua essência, beleza e vaidade. Sentiu-se oca como o tronco morto de uma árvore. E minha mãe, ao narrar a história, traduzia a violência daquelas palavras com uma revolta e tristeza típicas de alguém que não encontrou o amor de um homem. Vi, nesse momento, uma lágrima rolar no rosto de minha mãe, que seguiu contando a história.

Segundo ela, Odò Ìyá, ao ouvir palavras tão ultrajantes, entristeceu-se, ofendeu-se e saiu em disparada. Numa fuga solitária, buscando abrigo em algum lugar longe dali, recusava-se a submeter o seu corpo à vigilância e tirania daquele homem. Só se deu tempo de pegar a garrafa com o pó mágico presente de sua mãe, Olokum, e saiu correndo, inconsolável. Tropeçou e caiu. E, conforme Olokum lhe havia dito, o encanto foi consumado. Dos cacos de vidro da garrafa quebrada nasceu um rio.

Nesse momento do conto, Ìyá Oká respirou fundo. Explicou-me que a vida é como um rio, que vai desviando-se dos obstáculos que surgem no caminho, mas sem parar. Vai moldando-se, encontrando-se ali à frente nas curvas e encruzilhadas. E que era assim que eu deveria crescer. Observando e aprendendo com o rio. Moldando-me, sem perder o foco.

As águas tumultuosas do rio levaram Odò Ìyá a encontrar Olokum nos oceanos. Okere, irritado, queria impedir a fuga de Odò Ìyá, implorando por sua volta. Mas estava decidida a seguir o curso do rio e a se perder nos oceanos. Okere, como golpe final, transformou-se numa imensa colina e se pôs à frente de Odò Ìyá. Para qualquer direção que ela se encaminhava, a colina se movia junto, tentando obstruir sua passagem. Acuada, Odò Ìyá invocou a ira de Xangô.

– *Kawó Kabiyèsi Xangô, Kawó Kabiyèsi Obá Kossô!*[18] – disse Odò Ìyá, em Yorùbá.

Com o poder das palavras, Xangô foi invocado. Odò Ìyá cozinhou para ele um *àmàlà*[19], preparado com farinha de inhame, e um prato feito com feijão e cebola e o seu caminho ficou livre. Odò Ìyá, a mãe do rio e com a roupa coberta de pérolas, nunca mais retornou à terra.

Aos prantos, Ìyá Oká me disse que o desejo de ter filhos sempre esteve associado ao fato de querer legar histórias e deixar

---

[18] *Kawó Kabiyèsi Xangô, Kawó Kabiyèsi Obá Kossô*: Saudemos o Rei Xangô, saudemos o Rei de Kossô.
[19] *Àmàlà*: comida votiva destinada a Xangô.

alguém que pudesse contá-las ao mundo antes de virarmos cinzas na imensidão do Universo. Confessou que, diferentemente de Odò Ìyá, que teve muitos filhos, ela teve apenas um, mas que o amava muito. E me abraçou. Foi naquele abraço que entendi o que era a felicidade e o amor afinal.

2
Kayode

— *Ojú Orí, Ìkokó Ori, Opa òtún, opa òsì, Ori pèlé o! Ori pèlé o!*[20] — disse, em voz alta, suplicando ao Tempo, a parteira-anciã de nosso reino, Ìyámorò[21], que me ajudou a nascer. Suas palavras me fizeram encontrar o caminho, uma fresta de luz no que era breu, enquanto a ouvia, ao longe, dizer à Ìyá Oká:

— Vai nascer... segure firme em minhas mãos. Recline sua cabeça e procure relaxar. Respire fundo, uma, duas, três vezes... Seu filho está vindo e estou aqui para ajudá-la.

Após horas de dor e gemido, intercalados por ansiedade, apreensão e minutos de silêncio, a minha mãe me trouxe ao mundo. Eu, o seu primeiro e único filho, afilhado de Babá Aganjú, o pai que nunca tive, uma das pessoas mais importantes da minha vida, que me ensinou, por meio de exemplos e de palavras, o que significava ser homem. Um homem, dizia ele, deve estar vigilante. Pronto a viver sua humanidade de forma gentil, educada, prestando atenção ao que acontece à sua volta, contornando os instintos de domínio e morte desde muito cedo nos legados. É preciso aprender a ser homem e, ao aceitá-lo, desafiá-lo, revirá-lo ao avesso.

---

[20] *Ojú Orí, Ìkokó Ori, Opa òtún, opa òsì, Ori pèlé o! Ori pèlé o*: Vejo minha Cabeça, minha Cabeça nasceu, ela me escora à direita, ela me escora à esquerda. Cabeça, aceite minha saudação! Cabeça, aceite minha saudação!

[21] *Ìyámorò*: mãe dos fundamentos.

A bolsa amniótica, composta por duas membranas finas, foi exposta. Continha um líquido especial, um fluido dentro do útero onde cresci e escolhi viver por nove meses feito pássaro no ninho, pinto no ovo. No entanto, num desses casos anômalos, a bolsa não se rompeu, recusou-se a liberar o líquido excepcional. Foi o jeito raro que escolhi vir ao mundo, numa noite repleta de estrelas no céu escuro de Ojuobá. Num desses momentos únicos de conjunção de planetas, no qual os medos encontram as desesperanças e nos provocam novas formas de existir.

No momento de aflição da minha mãe, a parteira Ìyámorò, guardiã dos caminhos e dos segredos do nosso povo, manteve-se calma, tão tranquila quanto os movimentos do *ìgbín*[22], o caracol determinado a atravessar de um lado a outro do caminho estreito entre a relva molhada do mato que passava aos fundos de nossa casa. No reino, Ìyámorò era uma autoridade. Era a mãe dos fundamentos ancestrais e aquela que os conhecia com destreza. Abria mão, em casos especiais, dos aparatos tecnológicos disponíveis para os nascedouros. Repetia, com maestria, que os seus cantos, rezas e poderes mágicos, respaldados nas histórias que cresceu ouvindo e aprendendo, eram suas mais potentes tecnologias. De fato, os caminhos, os nossos destinos em Ojuobá, eram assentados por Ìyámorò. Era ela quem retirava o *ajé*[23] que pairava no ar de Ojuobá para podermos, com alegria, reverenciar os ancestrais. Cresci ouvindo que Ìyámorò manejava em suas mãos a vida e a morte, porque era ela que também cuidava do *asésé*[24].

---

[22] *Ìgbín*: animal sagrado a Oxalá, deus da cosmologia yorubana.
[23] *Ajé*: energias do mal.
[24] *Asésé*: complexo rito de despedida dos mortos, cerimônias fúnebres, na cosmologia yorubana.

Os processos de vida e morte no reino eram encarados com seriedade, mundos que se entrecruzavam na flecha do tempo. Segundo os mais velhos, *ikú*[25] era um jovem menino que tocava o nosso chão para nos lembrar que a vida, com seus risos e agruras, era finita, tinha hora marcada e tempo certo de chegar, e não adiantava desespero e nem correr dela. *Ikú* era a única certeza que tínhamos, para os mais novos e para os mais velhos. Ninguém sabia quem era e o que era a morte, mas sabia que estava à espreita, pronta para nos colocar um ponto final. Para nos lembrar que tínhamos prazo de validade, como todos os processos naturais. A cada dia vivido, mais próximo da morte estaríamos e, no sono, experimentaríamos vigilantes um bocadinho do morrer.

Quando eu nasci, *Ìyámorò* vestia um longo vestido branco fino de alça e ostentava um *ojá*[26] branco volumoso na cabeça. Carregava grossas contas azuis no pescoço. Tinha os pés descalços e apresentava braços e punhos abarrotados de braceletes e pulseiras, que traziam uma serpente colorida ligando o *òrun*[27] e o *aiyé*[28]. No momento do meu desabrochar no mundo, a parteira-anciã tinha ao seu lado uma bacia cheia d'água, em que folhas de alecrim e de arruda, com seus perfumes inconfundíveis de gente da terra, flutuavam feito peixes no mar. Se via a imagem da lua e das estrelas refletidas na água, um telescópio natural a testemunhar, de longe, a dança alegre entre os astros, que eram eles mesmos os olhos das joaninhas, os insetos coleópteros que voavam sobre o chão de terra batida dos fundos de casa, todo fim de tarde.

---

[25] *Ikú*: morte.
[26] *Ojá*: pano de cabeça.
[27] *Òrun*: céu.
[28] *Aiyé*: terra.

Balbuciando com o Tempo, com um olhar perdido porém concentrado de quem já tinha vivido o suficiente para saber o que estava por vir, Ìyámòrò ergueu a cabeça para o alto e, em silêncio, com as sobrancelhas finas e negras em riste, baixou a cabeça em direção à terra, fechou os olhos, manteve-se em silêncio por alguns instantes e bateu *paó*[29], juntando as palmas das mãos umas nas outras, na cadência 'três mais sete vezes, intervalo, três mais sete vezes, intervalo, três mais sete vezes, intervalo', que lembravam as batidas do coração. Era por meio do *paó*, seguido da enunciação de palavras encantadas em Yorùbá, que Ìyámòrò invocava as forças da natureza, os filhos de Odò Ìyá presentes no solo do território em que vivíamos. Como parte do encanto, rendendo-se ao *paó*, a bolsa amniótica se rompeu, os meus olhos se abriram e a vida se fez luz. Não chorei. Embora sem motivo aparente, eu nasci sorrindo e, com uma enorme preguiça, fui abrindo os olhos lentamente. Vi um fogaréu de estrelas no céu a piscar para mim. Vi cores por todos os lados. Tive a leve sensação que havia chegado a um lugar conhecido, mas que ao mesmo tempo me fazia sentir desprotegido, desnudo, num lugar que era só estranheza. Me sentia um viajante entre muitas encruzilhadas, em mundos pouco explorados com imagens e sons exuberantes. Era um corpo em travessia, habituado ao calor protetor do útero de Ìyá Oká e ao som cadente vindo das batidas do seu coração, onomatopeia venal por longos nove meses.

No momento em que os mistérios da noite se viram refletidos na menina dos meus olhos, senti o calafrio do trauma, da dor de ter sido arrancado do ventre materno. Meu corpo era tão franzino que as costelas e as veias estavam à mostra. Pelado, tremia de frio.

---

[29] *Paó:* saudação à ancestralidade batendo palmas ritmadas.

Enquanto me entretinha ouvindo o ruído dos pássaros noturnos, Ìyámorò embrulhou-me em lençóis brancos e, pegando-me ao colo com delicadeza e cuidado, respeitando a fragilidade do corpo franzino em suas mãos, me levou em direção à Ìyá Oká e disse:

— Filha, aqui está o seu pitoco. Olhe o rosto dele. Carrega um *ofá*, o símbolo do arco e flecha. Você já sabe o que isso significa, não é mesmo?

— Sim, *Ìyá*, já sei.

Respondeu minha mãe, com um sorriso misturado às lágrimas que, em gotículas suaves, fertilizavam de esperança o chão do reino.

— Ele se chamará *Kayode, o caçador de histórias*, mas o seu nome só será pronunciado após o *ikómojáde*[30], o ritual que o conectará ao Cosmos.

De forma serena, Ìyámorò balançou a cabeça concordando, congratulando-se com minha mãe por meio de um sorriso tímido, com ar de mistério e alívio, após passados os instantes de tensão em que ela me trouxe à essa existência.

— Sim, filha, ele é um *omorodé*. E você já sabe o que o aguarda... Está vendo aquela velha árvore ali? – perguntou Ìyámorò à minha mãe apontando para *Iroko*[31], uma das mais velhas e imponentes árvores da cidade e do reino e, completando, a instruiu:

— É lá que você deve deitar o seu filho para apresentá-lo a *Iroko*. Kayode é uma criança diferente, que nasce com uma missão. Não adianta ele fugir. Ao longo de sua jornada, afrontoso que será, até pegará alguns atalhos, mas terá que refazer os caminhos dos nossos ancestrais. Nos ajudará a contar histórias. A nossa própria. Vai

---

[30] *Ìkómojáde*: ritual na cosmologia yorubana para dar nomes aos recém-nascidos.
[31] *Iroko*: árvore sagrada e um dos deuses da cosmologia yorubana.

te deixar, na hora certa, mas nas viagens por mundos desconhecidos encontrará a si mesmo e retornará a Ojuobá para cumprir o seu caminho, o seu *odù*[32], com a paciência envolvente do tempo.

– Os nossos passos ancestrais são de luta e resistência, *Ìyá*, e certamente a missão do meu filho há de ser cumprida, pela honra dos nossos mais velhos e de nossas mais velhas. Ele saberá entender o que o aguarda.

– São mais de cem anos, Ìyá Oká, desde o massacre dos nossos. A maldição dos feiticeiros das "terras de cima" não há de se cumprir. O destino de nosso reino, e do próprio Universo, está nas mãos de Kayode – sentencia Ìyámorò.

E assim eu cresci, cercado de responsabilidades, sob o olhar nunca indiferente dos meus mais velhos e dos mais novos de nosso reino, zombado, ridicularizado por pessoas que se colocavam em posições superiores de poder. Mas cresci experimentando o bom viver, ouvindo as histórias de Ìyá Oká e de Babá Aganjú. Entendendo a força da palavra e como as histórias eram forjadas pelas faíscas e ciscos de vulcões e ventanias.

---

[32] *Odù:* caminhos.

3
Merê

– Venha, Kayode, vamos nadar no rio. O sol está gostoso e a água fresquinha, correnteza suave. Um ótimo dia para mergulharmos até o fundo.

– Obrigado, Merê, mas não vou não.

– Por que, Kayode? Vamos... Por favor! Desfruto tanto de sua companhia... E quero nadar contigo... Vamos?

– Você, sim, desfruta de minha companhia, mas os outros não! Não gostam de mim. Não só leio isso nos olhos deles, como fazem questão de me dizer.

– E o que te dizem?

– Ah, o de sempre. Que crianças *omorodé* são diferentes, trazem azar. Eu me sinto péssimo com essas zombarias. Não quero ir não, Merê. Vai você. Ficarei aqui sozinho, quieto no meu canto.

Lamentei responder assim, com tanto desânimo, a Merê, meu único amigo na cidade. À essa altura, Merê contava dezessete anos e era dois anos mais velho. Tinha os braços e pernas torneados, com olhos cor de mel, mais alto, cabelo crespo curto, viril. As meninas da cidade ficavam loucas por ele. Era do tipo aventureiro, que adorava a natureza e fazia todo mundo à sua volta morrer de rir com as coisas engraçadas que gostava de contar. Minha mãe e Babá Aganjú o adoravam. E eu também.

— Filho, o que você está fazendo aí parado, sozinho? Você não disse que iria nadar com Merê?

— Eu desisti mãe.

— Mas por quê? Você estava ansioso por esse mergulho.

— O resto da turma não gosta de minha companhia. Estão sempre rindo de mim. Riem do *ofá* que carrego no rosto. Dizem, aos risos, que nasci marcado, como os animais dos povos das "terras de cima", e que sou doente. Eles me comparam aos nossos inimigos dos reinos Dan, que exterminaram os nossos parentes mais de cem anos atrás. Pior que estão certos, não é? Sou mesmo diferente – respondi, com tristeza.

— Ah, filho, não repita tamanha insanidade. Você não é doente. Você é como é. E eu te amo exatamente assim como você é, sem colocar e sem tirar.

— Qual é a criança da cidade, mãe, que traz uma cicatriz no rosto e fala com os animais? Sou diferente e preciso aceitar essa diferença. Dou motivo para que riam e não gostem de mim e desconfiem de minha companhia – justifiquei a maldade à minha volta.

— Mas você tem a Merê. Ele é um excelente menino.

— Merê é um grande amigo, o único que me suporta, um amigo de verdade, desses que a gente não vê a hora passar quando está junto. A companhia dele atrasa os relógios e provoca em mim a sensação que o tempo parou. Eu me sinto seguro ao lado de Merê.

Surpreendendo-me, minha mãe cantou para Esú, uma das forças da natureza celebradas em Ojuobá, e, em seguida, olhou bem fundo dos meus olhos, com semblante sério, e disse de forma assertiva, como somente as mães podem fazê-lo quando querem defender as suas crias.

— Filho, '*Esú matou um pássaro amanhã com a pedra que atirou ontem*'. Dê tempo ao tempo. Os que riem de você agora queriam, bem lá no fundo, ser *omorodé* como você. Ninguém tem inveja do que a gente tem, mas sim do que a gente é. Ser *omorodé* é um privilégio, filho, e não um problema. São raríssimas as pessoas escolhidas pelos ancestrais para nascerem *omorodé*. Você não está aqui à toa.

— Só você, mãe, para me confortar, mas sei que sou diferente e não gosto de ser assim.

— Confie em mim. De solidão, de ser e agir de forma diferente, entendo bem. Mas calma, meu filho! Você é uma criança, Kayode! Não se sinta cobrado dessa forma. Há muita água para rolar. E nem tudo o que se sabe é o que se vivencia. Confie em você e nos nossos ancestrais.

— Mas me diga? Por que eu? Estou cansado disso tudo — resmunguei inconformado.

Ser um *omorodé* era um fardo. Repetia para mim que não sabia se queria uma tarefa que nem compreendia ao certo do que se tratava. Uma missão que alguém escolheu para mim, em algum lugar do Universo, sem me consultar, sem saber se queria mesmo e se estava disposto a colocá-la na minha vida. Achava injusto comigo. Queria correr pela grama como todas as outras crianças. Colocar os pés no chão, andar descalço por aí e não ficar pensando sobre os segredos do Universo, ou sobre como poderia, no futuro, salvaguardar a existência de nossa cidade, do nosso reino. Era muita informação e responsabilidade para um adolescente. Eu queria ser livre e só dar satisfação à liberdade. O *ofá* no meu rosto assustava todo mundo. Em qualquer lugar que chegava na cidade, todos já olhavam para mim. Desconfiados e maldosos, cochichavam entre si, especulavam sobre a minha personalidade e destino. Eu me sentia incomodado.

Chorando, abracei minha mãe, enquanto passava as suas mãos pesadas de trabalho na terra sobre o meu cabelo crespo, com volume e densidade que lembravam as raízes de *Iroko*, a árvore ancestral que todos nós respeitávamos. Com a barra de sua saia de renda e olhando bem firme nos meus olhos, minha mãe enxugou as minhas lágrimas e uma vez mais conversou comigo, um pouco impaciente.

– Escute aqui, menino, você nem imagina o quanto foi amado, esperado, desejado. A escolha dos seus *odù* foi feita antes mesmo de você vir ao mundo, ao *àiyé*. Os fatos, Kayode, acontecem simultaneamente em diferentes mundos. A nossa cabeça vive aqui, ali, acolá. No dia que te senti pulsar dentro do meu ventre pela primeira vez já sabia que você seria um príncipe e que nada, nenhuma lógica perversa, iria tirar você de mim. Aqui em Ojuobá, você tem o direito de sonhar. E na mesma noite que você nasceu, como as sementes que florescem legumes e frutos na nossa cidade, recebi o aviso que você seria especialmente diferente. E tudo bem, porque só queria tê-lo, carregá-lo nos meus braços, amá-lo. Você é tudo o que tenho nessa vida. E, desde então, assim tem sido. Você nasceu para ser rei, Kayode. Para guiar a nossa nação, o nosso reino. E assim será, meu filho! Os que riem de você agora são imaturos, excludentes. Você é grande e, os seus poderes, o seu *asé* e o seu *ofá*, presentes dos ancestrais em sua vida. Enxugue essas lágrimas e vá ao pé de *Iroko* conversar um pouco. Não quero lhe ver assim cabisbaixo, tristonho pelos cantos. Conte os seus segredos e partilhe as suas inseguranças e angústias com *Iroko*. Ele vai te ajudar.

Atendendo aos conselhos de minha mãe, busquei a natureza e, por frações de segundo, admirei atentamente a árvore antiga que olhava para mim. Toquei suas raízes, folhas e o seu tronco grosso que resistia, de pé, há muitos anos. Olhei para o lado, vi água, terra, fogo e ar em harmonia na cidade. Senti o cheiro da brisa, suspirei fundo, olhei para o alto e vi as nuvens passeando pelo céu azul-esverdeado de Keturumí, que estava situada dentro de um vale, cercado de vegetação, de bichos. De repente, o vento levantou a poeira do lugar e cochichou aos meus ouvidos. Aos poucos fechei os olhos e me acalmei. Agachei-me e, ajoelhado, bati *paó* para *Iroko*, o ancestral que ali residia. Senti o meu corpo estremecer. Cantei baixinho e, novamente, bati *paó*, adormecendo aos pés da árvore centenária.

Após alguns minutos de sono, acordei confuso e suado, com o coração acelerado a centenas de batidas por minuto, como se estivesse no meio de uma corrida de leões famintos em busca da caça.

Eu me sinto um adolescente desajustado. Ouço o tempo inteiro das minhas mais velhas e dos meus mais velhos que sou ligeiro, falante, um menino astuto, valente. Sei que no nosso mundo as palavras pesam, definem muita coisa. Há magia e encantamento nas palavras. Cresci ouvindo que deveríamos manipular com cuidado as palavras, inclusive aquelas que de vez em quando, num ímpeto de descontrole, tomam conta das nossas mentes e revelam pessoas que sequer conhecemos. Aprendi cedo que algumas palavras são prisioneiras em lugares que nem nós mesmos compreendemos que podemos acessar, se mantivermos o autocontrole. Algumas palavras fortes soam interessantes porque têm cadência, vida própria. Outras soam intransigentes, molecas, mas, como tantas outras palavras, não podem ser lavadas como o *alá*[33] branco anil quarado no varal de casa. Essas palavras nos definem. Em casa, na escola ou nas vielas de Ojuobá, uma palavra

---

[33] *Alá*: pano branco.

que me incomoda muito é *moná*, dita quase sempre por bocas de fúria que parecem carregar o peso do mundo, apontando para mim os dedos de suas mãos. Essa palavra dilacera-me em todas as direções. Sai de bocas sedentas, despachadas em seus julgamentos, mas ninguém me explica o que *moná* significa. Apenas sinto que me machuca por meio das línguas e dos dentes ágeis que a pronunciam. Sempre que a escuto, sinto-me ludibriado, enganado, pois tenta me definir sorrateiramente, enquadrar-me, reduzir-me a algo que, sozinho, não me define. Ela me mancha e, todas as vezes que a ouço, fico paralisado, do tamanho de uma semente de uva, com a estranha certeza de que esse mundo não é para mim. Que ele, por alguma razão que pouco consigo compreender, quer me isolar, me distanciar das pessoas. O mundo, eu e os outros, apartados.

Quase sempre saio correndo da escola, escorraçado, enquanto os meus colegas gritam em voz alta que sou *moná*. Aprendi a ter medo e vergonha dessa palavra. Sinto minhas orelhas esquentarem, as pernas tremerem e o meu coração palpitar. É como se, de repente, o mundo à minha frente girasse e eu, nauseado, entrasse num enorme buraco, caindo em queda livre. Sinto a minha boca secar, as palavras faltarem e os pensamentos fugirem. A única vontade que tenho nessas horas é retornar ao útero de minha mãe, da *Yagbá*[34] ancestral que me produziu, o lugar mais seguro do Universo. Não sei lidar com a palavra *moná*, demasiadamente corpulenta para um menino de quinze anos. É uma palavra pesada, daquelas que realmente nos marcam, nos atormentam e não abrem mão de nossas vidas e da nossa respiração. Elas querem nos acompanhar. Definir quem somos. Nunca soube lidar com algumas palavras,

---

[34] *Yagbá:* fêmeas, mulheres.

sobretudo aquelas que me causavam medo, espanto, comoção, desespero, angústia e vontade miserável de fugir do mundo, de nascer de novo. *Moná* é exatamente essa palavra. Como ressignificá-la? Como ressignificar as palavras, sobretudo as que nos machucam e nos corroem como o ácido sulfúrico na atmosfera de planetas bem distantes de Igbó? Tenho que enfrentar a realidade e, a mais presente, é que, sim, sou um *moná*, e o era porque todos assim já me diziam e me nomeavam. Se diziam era porque eu era. Essa foi, por muito tempo, uma de minhas maiores obsessões na vida, mas nunca vi saída trivial. Precisava assumir isso para mim e, depois, para o mundo, mesmo que isso me valesse fazer o caminho inverso da ordem natural das coisas. Mas o que é natural? O que é normal? Quem os definem? O engraçado é que tenho a mania de soletrar, em voz alta e olhando para o espelho, as palavras que me machucam. O espelho que me diz todos os dias que sou feio, que o meu cabelo não é bonito, que a beleza tampouco é para mim. É o espelho que me diz todos os dias que sou um *omorodé*. Gosto de escrever nas paredes de argila das casas do bairro e da cidade as palavras novas que a vida vai me ensinando para que eu possa, lentamente, descrever o que sinto, o que penso e como gostaria de um dia atuar na forma como dizem e pensam que sou.

    Junto as letras, as sílabas e repito as palavras, uma a uma, até que possam dar vida aos textos e contextos, de cima para baixo e de baixo para cima, nas folhas pautadas do papel, na esperança de conseguir a letra mais bonita da escola. E adoro quando me dizem que as minhas letras, a minha caligrafia, não são de menino. Fico escandalizado quando penso que chato é ser menino, porque tudo se espera deles: até as letras, quem diria, têm donos; são de meninos ou de meninas. Que tédio! Nascer para ter letras e falares disto ou daquilo? Parece que absolutamente tudo: a ciência, a tecnologia, a gramática e a vida, são coisas de menino. As explicações do mundo são todas performadas e dependentes das lentes e percepções dos meninos. E não adianta ter a pele da *cor da noite*. Assim não vale. Em vários cantos do Universo, esses são menos meninos do que os outros, pois sequer têm o direito de viver e de sonhar.

Sou um *omorodé*, mas também sou um *moná*.

Mas também sabia que nem tudo estava perdido. Tinha minha mãe, Merê e Babá Aganjú. Nada poderia me atingir, acontecesse o que acontecesse, certamente essas três pessoas estariam comigo. Não me abandonariam e nem me julgariam pelo que sou com base em suas próprias réguas e convicções.

Ninguém nunca conseguiu definir para mim, com precisão, o que era o amor, mas ousava conceituá-lo com base no que sentia por aquelas três pessoas. Cada uma delas, a seu modo, expressava um jeito diferente de viver o amor, pleno, sufocante e esperançoso, afinal eu era capaz, por eles, de amar as rochas e enfrentar todo e qualquer tipo de aventura, de perigo. De matar e de morrer. Inclusive, enfrentaria um dos meus pavores mais aterrorizantes, petrificantes, que me fazia tremer, suar frio à noite, logo eu que era capaz de falar com os bichos, de olhar o mundo a partir da perspectiva deles. Sabia que eles tinham tanto medo de nós quanto nós tínhamos deles, mas não era suficiente. As serpentes, confesso, eram bichos repugnantes, pavorosos, que não precisavam existir.

No dia seguinte à essa enxurrada de pensamentos, Merê me encontrou bem cedo. Contou, aos risos, como foi o dia com os outros meninos e meninas no rio. Vi seus olhos inquisidores de felicidade, querendo saber o que eu havia feito por todas aquelas horas que tivemos longe um do outro. Ele nem podia imaginar o que eu tinha redescoberto, em meio à aridez das horas e do tempo que parecia escapar às nossas próprias vivências. Como poderia dividir com Merê, em meio a inocência juvenil que me trazia, o fardo da transmissão oral de conhecimentos que sentia carregar após conversas tão profundas com os mais velhos? Nada do que me foi dito estava escrito em qualquer lugar. Cada palavra dita e a mim confiada foi, cada uma a seu modo, um registro das memórias de todos os que vieram antes de nós. Não havia, afinal, rivalidade entre as escritas que aprendemos a ler e a interpretar a vida nas nossas escolas "high tech", mas havia convicção de minha parte de que conversas com minha mãe e com Babá Aganjú me permitiam criar e vislumbrar um sistema novo de práticas culturais do nosso povo, de caráter dinâmico e autônomo.

– Kayode, conte-me o que você fez naquele dia em que não quis ir nadar conosco.

– Nada. Apenas estive em conversas profundas com minha mãe e com Babá Aganjú.

– E o que te disseram? – questionou Merê com curiosidade.

– Sempre que converso com eles dou um passo à frente na maneira como me enxergo e percebo o nosso povo. Sendo um *omorodé*, você sabe, nada tem sido fácil para mim.

– Sim, sei.

– Mas de alguma forma os meus mais velhos rompem com as incertezas. De maneira sensível vão me trazendo ensinamentos.

– A que você se refere particularmente?

– Eu e Babá Aganjú conversamos sobre as tensões existentes entre a escrita e a oralidade, colocadas para nós muito cedo. Os saberes dos livros, da palavra escrita, são importantes, mas, para Babá, nada substitui a sabedoria dos nossos mais velhos. Ele me disse que a escrita escravizou corações e mentes com o discurso da autossuficiência.

— Nossa, nunca te vi falar assim tão sério. Dou-me conta que essa conversa com o Babá mexeu com tuas ideias.

— Mexeu sim. Dei o primeiro passo na busca das frestas do muro que havia à minha frente. Os olhos de Babá Aganjú me fizeram enxergar mais longe. As palavras do nosso mestre articulam pensamento abstrato que não está escrito em lugar algum.

Na semana seguinte seria meu aniversário. Estava animado. Dezesseis anos finalmente. Não gostava, e ainda não aprendi a gostar, dessas efemérides, em que a solidão e a reflexão são companheiras. Minha mãe, nessas datas, começava o dia preparando comida para os mortos. Sim, para nós, os mortos comem. Era a forma que ela encontrava de agradecer à natureza por minha existência. Ela preparava *àkàsà*[35], feito com milho vermelho, embora também usasse milho branco, mas dizia que gostava mais da cor vermelha, porque lhe lembrava o fluído menstrual, a vida. Tinha fascinação pelo vermelho do azeite de dendê quando, quente ao fogo, lhe trazia memórias do velho vulcão adormecido que podíamos avistar da nossa cidade além de ser, ele mesmo, um dos nossos mais velhos. Deixava o milho vermelho de molho em água de um dia para o outro. O milho passava por um fino processo de moedura. Reduzido a farelos, enquanto moía mais e mais, como se quisesse chegar aos quarks dos prótons e nêutrons ali presentes, minha mãe exorcizava as lembranças duras que tampouco lhe traziam paz. O milho se transformava na massa que seria em seguida cozida em uma panela com água. Todas as vezes que minha mãe preparava o

---

[35] *Àkàsà*: iguaria/comida litúrgica e sagrada na cosmologia yorubana.

àkàsà, sem parar de mexer até que a massa ficasse no ponto certo de ligamento, ia contando histórias que eu adorava ouvir. Falava de tudo. Algumas histórias até pensava que eram invenções dela, como aquela de outro dia em que me garantiu que as cobras voavam. Mas de onde será que ela tirou aquilo? Quem já se viu, cobra voar... Coisa mais sem pé e sem cabeça. As cobras se rastejam, não voam. Mesmo aos risos com as suas histórias mirabolantes, ela não perdia o ponto do *àkàsà*. Ela me fazia colher e limpar folhas de bananeira, o que sempre era uma epopeia para mim porque a nódoa da folha deixava manchas na roupa que dificilmente saíam. As nódoas, dizia minha mãe, são como o tempo: deixam marcas e cicatrizes muitas vezes difíceis de serem apagadas, esquecidas. Em meio ao jogo de palavras costumazes, ela então embrulhava, ainda quente, pequenas porções da massa de milho vermelho na folha de bananeira, passada no fogo e cortada em pedaços de tamanho simetricamente perfeitos, buscando a harmonia das curvas que víamos na Natureza. Colocava a folha na palma da mão esquerda e ali depositava a massa vermelha apetitosa, que lembrava uma flor brotando nas estações. Com o polegar, dobrava a primeira ponta da folha sobre a massa, dobrava a outra ponta cruzando por cima e virando para baixo, e ia fazendo o mesmo do outro lado. E lá estava pronto o *àkàsà*, com seu formato de uma pirâmide retangular.

    Minha mãe me dizia que aquela iguaria representava o corpo e que, além de comê-la, deveríamos ofertá-la à Natureza, pois assim faziam os nossos ancestrais. E eu deveria também aprender a fazer o *àkàsà*, pois quando uma comida ancestral desvanece, evaporam com ela as percepções de mundo que jamais serão recuperadas. E quando uma comida ancestral desvanece, compromete-se o nosso tecido ancestral, cingido pelas histórias que contamos e inventamos, ensinadas às gerações.

Minha mãe e eu avançamos alguns metros para fora de casa para acendermos uma vela e despacharmos o *àkàsà* no meio do mato para fecharmos o *ebó*, um sacrifício à memória dos nossos mais velhos, quando Merê despontou novamente.

— Ei, Kayode, não o deixaria sozinho hoje.

— Que bom que você veio, Merê.

— Vamos entrar, Merê! — convidou minha mãe, que nos deixou sozinhos conversando embaixo de uma figueira nos fundos de casa.

— O que mais você fez hoje? — perguntou-me ele, enquanto pulava à minha frente tentando alcançar um dos galhos mais altos da figueira.

Merê tinha o cabelo crespo cortado bem baixinho. Magro, os seus lábios grossos saltavam aos olhos. Tinha uma expressão física que atraía a todos. Sua pele era macia, sem manchas, e os dedos da mão eram longos, com as unhas sempre bem aparadas e mãos lisas. Vaidoso, gostava de andar sem camisa. Dizia que essa era a forma de flertar com a liberdade.

— Passei o dia com minha mãe. Estávamos preparando o *ebó*[36], com *àkàsà*, e me entretive ouvindo as velhas histórias da Ìyá Oká.

— E como você está se sentindo depois dos últimos acontecimentos? — Merê se referia às agressões físicas que eu havia sofrido por um grupo de colegas. Enraivados, me esperavam todos os dias no mesmo lugar, ao sair da escola, para me bater.

— Eu não sei bem, Merê, o que dizer. É uma sensação estranha.

---

[36] *Ebó*: sacrifício, oferenda.

– Você contou à sua mãe?

– Não, não quero deixá-la preocupada. Além disso, o que vou dizer para ela? Que aqueles imbecis me dizem que sou um *moná*? Não posso dizer isso para a minha mãe.

– Mas, Kayode, você deveria contar para a sua mãe. Esses garotos não vão parar por aí. Sua mãe precisa saber. Você não pode seguir sendo humilhado dessa forma por um monte de garotos babacas e metidos a besta.

– Obrigado, Merê! Só você me entende, meu amigo de verdade.

Nesse momento, eu respirei fundo. Merê era a pessoa com quem mais gostava de estar. Sempre que o via, sentia uma alegria enorme, como se tudo na vida fizesse sentido: o curso do rio, dos ventos, os sons dos pássaros e as nuvens em suas formas tão irregulares e únicas. Quando conversava com Merê, a sensação é que somente ele e eu existíamos no mundo. Não havia nada que me fizesse sentir tão pleno e preparado para seguir lutando, vivendo.

– Não sei explicar, Merê. Não sou como os outros. Fico muitas vezes pensando sobre quem sou e por que estou aqui. Ninguém me conta, ninguém me diz. Não tenho respostas convincentes. Não sei o que escondem de mim.

– Calma, Kayode!

– Ando cansado de ouvir que sou perigoso e que levo azar à vida das pessoas. Que tipo de perigo, afinal, represento? Por que os meus colegas de escola não querem sair comigo e estão sempre me maltratando? Eles fazem um corredor humano e me jogam no centro, desferindo-me socos e pontapés, chamando-me de *moná*. É como se a felicidade, clandestina, não fosse para mim.

– Não diga isso. Você é muito especial para mim, para sua mãe, para Bàbá Aganjú. Nós te amamos.

Abraçando-me, senti o meu coração bem próximo ao de Merê, e eles vibravam na mesma sintonia. Durou apenas alguns segundos, mas, naquele abraço, experimentei uma mistura de sensações comparável à morte dramática de estrelas muito massivas, reservatórios do oxigênio que a gente usava para respirar. Fechei os olhos e senti verdadeiramente que aquele abraço era dotado de afetos, talvez do irmão que não tive, do pai que não abracei. Mas era um abraço, caloroso, cheio de significados e de sentidos para mim. Um abraço que me fez sentir a pessoa mais protegida do Universo. Me perdi naquele gesto e nunca mais queria ser encontrado, resgatado daquele abraço. Preferia fingir que me transformei em estrela a deixar aqueles braços solitários outra vez.

– O que mais você gostaria de me dizer, Kayode? – perguntou-me, sem pestanejar, Merê, com a cabeça largada aos meus ombros.

– Acho que por enquanto, nada, Merê. Não sei bem quem sou. Mas, de todo jeito, anunciar para o mundo quem verdadeiramente somos é, por vezes, demasiado assustador. Então não tenho nada para dizer por enquanto.

– Mas você não precisa prender o seu fôlego por isso. Respire. Sei quem você é e o que você sente, e te respeito por isso. O seu *ofá* no rosto não é feio. Não me causa medo e nem sinto vergonha de andar contigo por aí. Gosto de você exatamente como você é, e isso é absolutamente a coisa mais importante para mim. Gosto do seu coração, de quem você é de verdade e não do que as pessoas enxergam em você, a sua casca apenas. Consigo vê-lo para além da borda, para além da profundidade de um pires que as pessoas se permitem muitas vezes nos conhecer.

— Merê, minha mãe disse que há segredos que não podemos partilhar. Mas tenho um para te contar.

— Estou pronto para ouvir. Avante!

— Você não sabe tudo sobre mim.

Nesse momento, parecia que atravessava uma pequena era glacial. As pernas tremiam e o corpo suava muito. Alternava entre as sensações extremas de frio e calor, excitação e vergonha. Sintomas da mácula de se viver num mundo onde definitivamente a gente não poderia ser quem era.

— Merê, eu me comunico com os animais — confessei, morrendo de medo da reação.

— Como assim? Era isso que você estava com tanto receio de me contar? Mas, Kayode, eu sempre soube. Há muitos rumores na aldeia sobre isso, além de todas as histórias que escuto por conta do *ofá* que você carrega no rosto.

— Bom, era isso também. Mas por enquanto já estou feliz que você não pensa que sou um monstro, uma aberração da natureza, um bruxo. E muito menos que vai se afastar de mim por isso.

— Kayode, preste atenção — disse Merê com tom de seriedade, prosseguindo:

— Nunca vou me afastar de você. Somos amigos e isso para mim já é suficiente.

Fui tomado por uma enorme emoção ao ouvir aquelas palavras. Dei-me conta, aos dezesseis anos, que poucas eram as pessoas no mundo que tinham o privilégio de sentir o que eu estava sentindo e ter a certeza de serem correspondidas. Aquela conversa rompia o silêncio de uma vida e deixava nítido para mim que havia laços profundos entre nós, expressões e gestos afetivos reservados a nós dois. Um verdadeiro amor. Uma amizade capaz de romper as barreiras dos preconceitos.

      Os dias se passaram e, a nossa amizade, cada vez mais fortalecida. Era em Merê que pensava todas as noites antes de dormir e nele que pensava todas as manhãs quando abria os olhos. O passado se abriu e revelou para mim um presente e um futuro que não poderia mais negar e nem esconder. A sorte estava lançada.

4
Babá Aganjú

— Babá Aganjú, será que um dia terei as respostas que procuro? – perguntei sem rodeios, o que não era comum para adolescentes do reino.
— Filho, você precisa cultivar os princípios ancestrais: *oore, sùúrú, ìbúra, òwò, olóòtòo, olóòdodo, ìféni e èèwò*.[37] São eles que nos conduzem às verdadeiras respostas.
— Tudo isso de uma só vez? – O inquiri, em tom de surpresa.
— Ter caráter é o maior atributo em Ojuobá. Passe o que passar, não abra mão do caráter. É preciso respeitar os mais velhos, ser leal à sua mãe e às tradições, ser honesto, manter a hospitalidade, a coragem, a devoção e a verdade, qualidades que precisam ser desempenhadas com amor alegre. Esses valores nos são passados há muito tempo e é preciso cultivá-los. *Suru ni oogun aiye*[38]*, meu filho*.
Babá Aganjú era um homem negro azulado, sábio, magricela de um metro e noventa, que trazia no rosto e no corpo as marcas dos seus cento e trinta anos bem vividos e, como dizia, resultado da comida saudável que plantava e colhia na comunidade, usando tecnologias artesanais que não se usavam em lugar algum. Tinha

---

[37] *Oore, sùúrú, ìbúra, òwò, olóòtòo, olóòdodo, ìféni e èèwò*: a bondade, a paciência, a promessa, o respeito, ser verdadeiro, ser justo e sincero, fazer caridade e respeitar os tabus.

[38] *Suru ni oogun aiye, meu filho*: paciência é o remédio para tudo na vida.

cabelos crespos cheios e barba grande, ambos grisalhos. Bem-vestido, usava uma túnica longa com estampas coloridas e aparatos na cabeça, com argolas salientes nas orelhas e nos braços. Carregava contas grossas de diferentes cores no pescoço. Ostentava vários anéis nos dedos de suas duas mãos, destacando-se um anel vistoso prateado que tinha um búzio como pedra principal. Nos pés, usava uma sandália fina de couro. Carregava à mão direita um cajado que o ajudava a caminhar e a equilibrar o corpo alto magricela encurvado pelo tempo, desafiando a lei da gravidade. Babá Aganjú era um dos mais velhos do reino, um dos guardiões do infinito, uma biblioteca viva que manejava conhecimentos e experiências que não estavam escritos em lugar algum, apenas na memória e na lembrança, na cabeça e no coração. Era uma das figuras mais importantes da minha vida, que ajudou a minha mãe muito antes que eu viesse ao mundo. Ele era um mestre para mim e jamais poderia desapontá-lo.

— Mas, Babá, sou um *moná*. Como poderei dar conta de qualidades tão básicas sendo um *moná*? Vou decepcionar o nosso povo.

— Filho, como parte da construção do caráter, é fundamental aceitarmos quem somos. Você é quem é porque os nossos ancestrais assim o desejaram. Aceite-se. O nosso povo precisará de sua coragem. Para viver, Kayode, é preciso ter coragem! As lutas ancestrais requerem coragem, e só os corações bons, amantes do bom caráter, são corajosos. Querem uma vez mais nos exterminar e, na hora certa, precisará de muita coragem para nos defender dos inimigos.

— Mas como poderei fazer isso?

— Os nossos *ìsìn*[39] são parte dos segredos, da força que nos comunica vida, que você logo passará a ser guardião maior. É preciso

---

[39] *Ìsìn*: cultos.

coragem para ser quem é. Muitas das nossas tradições se perderam com a diáspora dos nossos mais velhos. Parte da nossa história foi perdida, sem registros.

— E como iremos recuperar esses registros? Estão perdidos para sempre?

— Temos os rios, as chuvas, as estrelas, as plantas, as árvores e os animais, feitos de átomos, tijolos da matéria. São eles também que nos ajudam a reorganizar as nossas existências, as lembranças. As árvores do mundo estão conectadas, suas raízes são como os neurônios dos nossos *orí*[40]. Somos sobreviventes, meu filho. Somos sobreviventes... E a nossa história está registrada na Natureza. É preciso viver com o *okan*[41] para entender essa mensagem – propõe Babá Aganjú, tocando o próprio coração, além de prosseguir filosofando. – É preciso fugir da lógica racional e cartesiana dos povos Dan. Outras existências já pereceram ao insistirem em lógicas opressoras de organização do sistema-mundo. Nossos mais velhos já nos ensinaram isso, filho!

— Mas como faremos isso, Babá? Como posso enxergar esses princípios de vida no meu dia a dia?

— É preciso sentir, Kayode. Não ter medo de amar as rochas, os bichos, as florestas, as estrelas, as pessoas. Seja lá quem for. Seja lá o que for. É preciso levantar à madrugada para cobrir quem se ama.

— Babá, preciso entender a história do nosso povo. Sinto que é importante para mim. Quero entender quem afinal sou, por que e em quais condições chegamos até aqui e qual é a minha missão.

Cantando, e com a sabedoria tranquila que os seus mais de cem anos lhe deram, Babá Aganju me respondeu:

---

[40] *Orí:* cabeça.
[41] *Okan:* coração.

— *Eyín kó fara yín móra, Olówó e fara yín móra ò, Alákétu re, e ò fara yín mora, Èyín kòì fara yín móra, Alárè e fara yín móra ò, Owo Alákétu re e ò fara yín mora, Ìjì eò fara yín móra, Olówó Alákétu rè eò fara yín móra.*[42] — E continuou refletindo: — Filho, as respostas que você procura estão nas palavras. É preciso saber ouvi-las. Processá-las com o tempo. As palavras são implacáveis. Ditas ou malditas elas são avassaladoras. É preciso entender a força das palavras, do hálito que as carregam pelo tempo afora. Os nossos *ìtàn*[43], *àdúra*[44], *orín*[45] e *orìkí*[46] são máquinas do tempo, Kayode. São eles que nos revelam o passado e nos conectam ao futuro que é o presente acontecendo a cada flagrante instantâneo. O tempo é circular e, suas bordas, repletas de ancestrais. Fizemos escolhas, meu filho... fizemos escolhas! Tivemos que fazê-las. Não foi fácil, mas o nosso povo resistiu e aqui estamos. Agora é chegada a hora. Venha aqui comigo.

---

[42] *Eyín kó fara yín móra, Olówó e fara yín móra ò, Alákétu re, e ò fara yín mora, Èyín kòì fara yín móra, Alárè e fara yín móra ò, Owo Alákétu re e ò fara yín mora, Ìjì eò fara yín móra, Olówó Alákétu rè eò fara yín móra*: Abracem-se uns aos outros! Aqueles que são ricos, abracem-se uns aos outros! Descendentes de Alákétu, abracem-se uns aos outros! Abracem-se uns aos outros! Alare Ketu [gente na diáspora], abracem-se uns aos outros! Descendentes de Alákétu, abracem-se uns aos outros! Ìjì, abracem-se uns aos outros! Ricos descendentes de Alákétu! Abracem-se uns aos outros!

[43] *Ìtàn*: mitos.

[44] *Àdúra*: rezas.

[45] *Orín*: cantos.

[46] *Oriki*: louvação que relata fatos, histórias.

5
A Revolução das Abelhas

Enquanto ouvia atentamente as palavras de Babá Aganjú, minha mãe chegou correndo e ofegante, com a barra da saia sacolejando ao vento, concorrendo com a sacudidela firme das suas longas tranças nagô. Estava pálida, parecia que havia encontrado um fantasma. Olhos esbugalhados, sem dizer coisa com coisa. Havia uma aflição descomunal, que denunciava que algo grave havia acontecido e, uma vez mais, queriam me poupar, não pretendiam dividir comigo aquela situação claramente estressante e angustiante.

Como se já soubesse do que se tratava e sem cogitar me assustar, Babá Aganjú apenas disse para Ìyá Oká se acalmar, pois não havia mal que durasse para sempre e que os caminhos do reino Ojuobá já estavam traçados há muitos e muitos anos. Minha mãe pediu *agô*[47] e disse, num só fôlego descompassado, que chegou até ela, por meio de Ìyámi Osorongá[48], uma das guardiãs dos segredos, a notícia que os guardiões dos dezesseis portões mágicos da cidade haviam entrado num processo súbito de esquecimento. Os portões mágicos, as vias para decifrar os segredos do Universo, estavam, pela primeira vez em anos, vulneráveis. Presas fáceis aos povos dos "reinos de cima".

---

[47] *Agô*: pedir licença.
[48] *Ìyámi Osorongá*: na cultura Yorùbá, representa a sacralização da figura materna, guardadora do segredo da criação.

Após acalmar minha mãe, puxando-me pelo braço, Babá Aganjú e eu andamos um ao lado do outro. Nos afastamos pela lateral da casa onde conversávamos, por entre as construções feitas de argila, a partir de insumo composto de matéria exótica, em direção à floresta, de onde ouvimos os cantos e ruídos dos bichos e outros seres lá residentes. Notei, ao lado de uma árvore trepadeira, formigas gigantes socialmente organizadas, carregando sem pestanejar folhas e outras iguarias alimentares nas costas. Uma atrás da outra, ordeiramente. Eram formigas da espécie *Camponotus crassus*, as sarassarás polinizadoras, vitais para o equilíbrio ecológico que o nosso povo fomentava. Não andamos dois passos mata adentro quando nos deparamos com uma enorme teia de aranha. Seus fios, feitos de uma proteína à base de inhame, eram quinze vezes mais fortes que os fios de aço, e podiam ser esticados até oito vezes além do seu comprimento sem se partir. Um material raro no Universo. Minha mãe já me havia exposto, numa das várias narrativas dos antepassados, como as palavras das histórias contadas no reino eram tecidas e desarranjadas pelas aranhas que ali viviam à tocaia de novas histórias. Minha mãe afirmava que a força do aço das teias estava nas palavras e que eram elas, as palavras ditas ao vento, que seduziam, como canções, as presas fisgadas pelas aranhas 'contadoras de histórias'.

– Kayode, está vendo esse pomo aqui, filho? – perguntou-me Babá Aganjú, segurando um *obi*[49], um dos frutos mais potentes do reino. – E, mascando-o, prosseguiu: – Os reinos Dan tentam, há milênios, destruir Ojuobá e escravizar o nosso povo. Eles querem ter acesso aos segredos do Universo, tão simples quanto

---

[49] *Obi*: fruto sagrado na cosmologia yorubana.

a constituição do *obí*, que estão guardados conosco, por meio dos dezesseis portões mágicos do reino.

– Mas por que Babá?

– Muitos séculos atrás, Ojuobá foi tomado por invasores, a mando dos reis dos povos Dan. Foram anos muito difíceis para o nosso povo, que eram tão numerosos quanto os grãos de areia de todos os desertos e florestas do planeta Igbó. Um grande número dos nossos ancestrais foi capturado, sequestrado e forçado à escravidão em terras longínquas. Os invasores foram atrozes, impiedosos. Barbarizaram. Mestiços nasceram do estupro de nossas mulheres e, os seus úteros, também foram escravizados. Esses mestiços foram treinados pelos Dan para seguirem seu processo de destruição e domínio do imaginário social coletivo e cosmológico do planeta. O nosso povo foi dividido em castas. Foram anos de luta, opressão, humilhação e revolta. Não só nos mataram fisicamente, mas também sequestraram os nossos saberes. Pisotearam os nossos sentimentos mais significativos e vulgarizaram os nossos símbolos marcantes de honra e dignidade. Uma tragédia psíquica. E isso porque queriam, em nome das próprias estruturas ultrapassadas de produção, roubar a nossa ciência e a nossa tecnologia de cultivo das abelhas responsáveis pela produção de mel. Obviamente que por trás desse projeto, estava primeiramente a vontade incontrolável de usurpar os segredos guardados por nós, de boca em boca, há milênios.

– Mas por que as abelhas, Babá?

– As abelhas eram um dos grandes tesouros daqueles séculos. Eram responsáveis pela fecundação acelerada, num processo tecnológico desenvolvido por nossos cientistas, os nossos mais velhos e as nossas mais velhas. Os Dan sempre quiseram ter acesso a esses e outros segredos cósmicos, preservados nas palavras e nos códigos de oralidade desenvolvidos por nós ou a nós confiados.

— E eles conseguiram?

— Bem que tentaram, mas foram surpreendidos.

— Nossa, que história incrível!

— Eles não contavam com o nosso *asé*. Liderados por um Babá ancestral, um *omorodé*, que dominava os grandes segredos do nosso povo, os nossos ancestrais entraram numa demorada guerra de anos com os reinos Dan de onde saímos vitoriosos.

— Então, por isso tanto ódio?

— Exatamente. Humilhados, os Dan foram expulsos das nossas terras e dos nossos territórios. Mas, insatisfeitos, os seus mágicos, por meio de um traidor, nos enviaram uma praga que dizimou grande parte da população. Hoje somos cerca de quinze mil melaninados em Ojuobá. Formamos resistência, mas decerto o povo do reino saiu emocionalmente dilacerado após séculos de massacre.

— Tão poucos dos nossos sobreviveram, Babá?! Que lástima!

— Sim, lamentavelmente, a morte fez morada. Mas avançamos tecnologicamente. As cinzas dos homens e mulheres que deram a vida por nosso povo, séculos atrás, na conhecida Revolução das Abelhas, são hoje princípio ativo de vida em Ojuobá.

— Perdemos mais do que ganhamos com essa guerra?

— Após a Grande Revolução das Abelhas nunca mais fomos os mesmos. Os reinos mais poderosos do Universo nos subjugaram e, desde então, nos perseguem. Estamos isolados. Somos uma grande ilha à deriva. Um enorme pedaço de terra em que esses reinos, num projeto de vingança, estão à espreita, esperando o melhor momento para uma vez mais nos atacar, sequestrar os segredos milenares capazes de mudar o curso da história.

— Mas, Babá, quer dizer então que o líder da Revolução das Abelhas foi um *omorodé*, como eu?

— Sim, filho. Isso significa, Kayode que, como aconteceu no passado, você também nos guiará frente à nova Revolução que se aproxima.

— Eu?

— Sim, você mesmo.

— Mas o que terei que fazer?

— No passado, os nossos ancestrais foram sequestrados, escravizados e mortos, retirados de sua humanidade. Foram considerados inferiores, incapazes de exercitar o pensamento. Foram tratados como bruxos, manipuladores de 'magia' destruidora, atroz. Essa narrativa danosa foi consolidada pela escrita, pelas 'peles de papel'. Os nossos algozes esconderam o tempo inteiro seu desejo secreto de extermínio e imposição, baseada numa razão excludente e genocida. Indiferentes, meu filho, os invasores dos reinos Dan extirparam muitos corpos melaninados dos nossos antepassados e tentaram, ao longo dos últimos séculos, acorrentar suas memórias. Os nossos ancestrais foram enjaulados, sufocados até a morte, mas seguem vivos dentro de nós, na nossa esperança sensível.

— Que loucura!

— Não só isso, Kayode. Não satisfeitos com o aniquilamento dos melaninados, destruíram os rios, as florestas e os outros animais. As florestas queimaram, as geleiras derreteram e os oceanos expandiram-se. Plásticos foram produzidos em série, encontrados nos rios e no estômago dos animais marinhos. Criaram microrganismos capazes de dizimar a população global. Alteraram os ciclos da natureza, de forma que muitos lugares do Universo ficaram inóspitos. Ao destruir as florestas, destruíram o *asé* ancestral, porque, sabemos, sem folhas não há força ancestral, *kosi ewe, kosi orisá*[50]. Os povos dos reinos Dan têm desenvolvido, há séculos, tecnologias de morte, máquinas prontas para matar, cortinas de fumaça que sufocam a vida, que é o de que mais precioso existe no Universo.

– Mas, Babá, que história pavorosa. Estou muito triste.

– As abelhas, tão importantes para a nossa cosmologia, desapareceram por conta dos componentes químicos presentes nos neonicotinoides, uma classe de defensivos agrícolas, pesticidas, amplamente difundidos pelos reinos Dan. As mudanças climáticas provocadas por seus brinquedos tecnológicos também causaram maior ocorrência de eventos extremos, o que também contribuiu para acelerar a morte das abelhas. Com o desequilíbrio, houve grande infestação por ácaros que se alimentavam da hemolinfa das abelhas, equivalente ao sangue de invertebrados. Os Dan desenvolveram monoculturas de milho e trigo, que fornecem pouco pólen, e investiram pesado em técnicas artificiais para aumentar a produção de mel. Todos esses fatores juntos provocaram a desorientação espacial dos nossos insetos sagrados, as abelhas, cruciais para a vida no nosso reino. Os povos Dan cultuam sistematicamente a morte.

Atônito, e sem saber direito o que dizer a Babá Aganjú, conseguia ver, de forma síncrona, cada um dos eventos horripilantes que me eram narrados. Os espíritos da floresta iam me desvelando as imagens, que me faziam sangrar de dor por dentro pelos meus. Eu me senti acuado, pequeno, minúsculo, mas, ao mesmo tempo, gigante. Sentia que de alguma forma teria a chance de reconstruir e recuperar aquela história.

---

[50] *Kosi ewe, kosi orisá*: sem folha não tem orixá.

Babá Aganjú, antes mesmo que eu abrisse a boca para fazer mais uma pergunta, seguiu descrevendo o horror:

– Os Dan são cavaleiros do óbito dos vivos e dos não vivos. Semeiam a morte, o martírio e a dor e deles dependem para viver. São etnocêntricos. Pensam apenas na própria sobrevivência. Não respeitam os outros animais e seres que compõem o sistema-mundo nem as lógicas espaço-temporais de coexistência no Universo. Eles organizaram, de forma sistemática, o genocídio dos rios, dos peixes e das pessoas melaninadas em diferentes reinos. Ordenaram a expulsão e condenação à morte de vários dos sujeitos que lutaram na Revolução das Abelhas, os quais tiveram os seus corpos picotados e expostos em praça pública para que servissem de exemplo eterno. Instauraram uma atmosfera de extrema repressão, punição, restrições de ir e vir. Os corpos das mulheres passaram a ser propriedades deles. Avançaram tecnologicamente. Descobriram leis da física que lhes permitiram desdobramentos teóricos e experimentais incríveis. Mas, ainda assim, querem mais. Querem ter o direito de escrever e, mais importante, de dizer, de serem a voz única sobre como tudo começou no Universo. Por isso somos os grandes inimigos dos povos Dan, os únicos capazes de detê-los neste projeto genocida.

– Babá, que cenário assustador! Não conhecia essa parte da nossa história. Nunca entendi direito o que fizeram esses "povos dos reinos de cima".

– São povos, Kayode, que nunca viveram com o pensamento, pelo menos não com o verdadeiro pensamento, aquele que nos liberta, acolhe, inclui, respeita as outras formas de viver e existir no mundo. Esses povos fingem. Dissimulam. Vivem um pesadelo do qual não só não abrem mão, como também querem ditá-lo de forma tirânica a outras formas de existir e de se organizar no mundo. São prisioneiros do próprio delírio de poder. Estão contra o pensamento orgânico, que leva em conta a integralização da humanidade com a natureza. Ouça, Kayode, na nossa cultura, filho, o *orí*, a cabeça, é muito importante. É a parte crucial, vital do corpo humano. E não é só porque contém o cérebro, mas porque é por meio dela que nós recebemos o *asé* dos ancestrais. Quando viemos a esse mundo, a cabeça é a primeira a despontar. É na cabeça que vive a razão e a sabedoria, nem sempre usadas da melhor forma. Os povos Dan são uma demonstração de como a razão pode aprisionar, sufocar as almas, exterminar as ideias, as vivências e as experiências dissidentes, não concordantes com suas próprias formas de enxergar a vida, a partir das lentes da morte. Eles, os povos Dan, não têm bom *orí*.

– E os sentidos, Babá? Onde entram?

– A cabeça, Kayode, integrada ao corpo, também nos lembra que é por meio dos olhos que enxergamos os caminhos, a luz das estrelas, dos seres invisíveis que nos guiam pelas complexidades dessa existência. Note que abaixo dos olhos está o nariz, que nos conecta com o que está à volta e refresca a nossa alma. O nariz nos permite sentir os odores, a essência de *asé* das comidas, das seivas dos vegetais e dos animais, que são o sangue que pulsa na natureza. Abaixo do nariz, está a boca que tudo come e que nos equilibra, corpo e alma. A mesma boca que diz as palavras (en)cantadas. Também estão na cabeça os ouvidos, importantes para nos equilibrar, para nos ensinar a pisar devagar e a correr na hora certa, a reagir aos sons que surgem de dentro e de fora de nós ou, simplesmente, fazer da nossa cabeça um vácuo ideal em que as palavras malditas não se propaguem e nem façam morada. O *orí* é a essência, Kayode, das personalidades e dos destinos da humanidade.

Para um *orí* ruim não há sacrifício, não há *ebó* que resolva. E você, como um *omorodé*, precisa entender como a cabeça está de fato integrada à natureza. O *orí* é um repositório de vida, já diziam os nossos mais velhos: *ori eni ni isèse eni*[51].

— Babá, quero preservar a vida dos nossos. Foi para isso que nasci, que fui convocado à vida.

— Os povos Dan, filho, não querem que experimentemos a vida com todos os sentidos, nos integrando à nossa humanidade cósmica, equilibrada na existência plena e feliz. Sabotam a terra, a água, o fogo e o ar. Querem nos silenciar, nos vendar, tampar o nosso nariz e os nossos ouvidos, guilhotinar a nossa cabeça para separá-la do corpo, que é um assentamento vivo para as forças que nos conduzem. E você precisa desses ensinamentos para a sua missão que paulatinamente se aproxima.

---

[51] *Ori eni ni isèse eni:* O *orí* é um repositório de vida.

6
Ifá

Eu me sentia muito bem-disposto, apesar do meu estado de absoluta surpresa com o que havia acabado de ouvir. Estava atônito com o excesso de detalhes da história que terminara de descobrir. Um adolescente de dezesseis anos precisaria de tempo para elaborar detalhes tão sórdidos. Não sabia o que fazer. Queria mudar de vida, nascer de novo, recusar o destino que insistia em se cruzar ao meu caminho. Queria poder fazer de conta que não era comigo e que a morte seria apenas uma vingança. Não tinha como fugir. Havia lógica racional por trás dos fatos narrados e teria que buscá-la. Precisava de um contraponto para seguir existindo. Deixei a floresta em direção a uma das casas coletivas do reino em companhia apenas dos meus pensamentos, levando uma sacola cheia de folhas. Eu gostava de conversar com as folhas e delas retirar os perfumes intrínsecos que me traziam lembranças de coisas que não havia vivido ainda. Avistei Ìyámorò de longe e, sem olhar para trás, apenas sentindo que me aproximava, ela disse com uma voz baixinha que me conduzia por lugares repletos de girassóis:

— Kayode, meu filho, a nossa matriz tecnológica é baseada em dezesseis caminhos, guardados pelos *griots*[52] e pelas *yabás* ancestrais,

---

[52] *Griots*: mestres e mestras dos saberes da cultura africana.

os nossos mais velhos, em cada um dos portões mágicos do nosso reino.

01 Ònkànràn - Éjì Ogbé
02 Éjí Òkó - Òyèkú Méjì
03 Étà Ògúndá - Ìwórì Méjì
04 Ìròsùn - Òdí Méjì
05 Òsé - Ìròsùn Méjì
06 Òbàrà - Òwónrín Méjì
07 Òdí - Òbàrà Méjì
08 Éjì Onílè - Ònkànràn Méjì
09 Òsá - Ògúndá Méjì
10 Òfún - Òsá Méjì
11 Òwónrín - Ìká Méjì
12 Éjìlá Seborà - Òtúrúpòn Méjì
13 Éjì Ológbon - Otùwá Méjì
14 Ìká - Ìretè Méjì
15 Ògbegúndá - Òsé Méjì
16 Àlàáfià - Òfún Méjì

Enquanto Ìyámorò discorria com desenvoltura, fiquei parado ouvindo-a, como se fosse uma daquelas árvores que enfeitavam a paisagem do reino. Tinha uma mão no bolso e, a outra, na boca. O meu coração estava um pouco apertado. Afinal, porque ela estava me dizendo aquela história, perguntava-me sem resposta. Virou-se para mim e continuou:

– O nosso sistema *Ifá* de comunicação foi primeiro desenvolvido há doze mil anos. Ele se refere à base quadrática de 16 = 16 x 16 = 256 *odú* = 2^8. Corresponde aos vértices de um hipercubo de oito dimensões e escolha binária. Há cerca de três séculos, o sistema *Ifá* foi a base para o desenvolvimento da computação e da inteligência artificial, que, infelizmente, séculos depois, levaram-nos à ruína, a artificialização da humanidade.

— Então, Ìyámorò, quer dizer que por trás de cada um dos dezesseis portões do reino há caminhos possíveis de existências, todos eles conectados por um conhecimento algébrico sofisticado?

— Sim, filho, e por isso a ânsia dos povos Dan em nos dominar. Eles querem ter acesso aos portões mágicos, aos segredos milenares codificados nos caminhos, nos *odú*.

Ouvindo atentamente a Ìyámorò, eu desenhava, com um cipó recolhido de uma das árvores do terreiro, um círculo, subdividindo-o em dezesseis fatias. A voz macia de Ìyámorò ecoava dentro de mim e atingia fortemente o meu coração e lugares do cérebro nunca acessados. Havia, naquela conversa, a confirmação de que eu ocupava um lugar de destaque nas narrativas que chegavam a mim por meio de palavras, de metáforas, pois, do contrário, por que ela e Babá Aganjú me diriam tantas histórias? Por mais que tentasse fugir daquela prosa, já era tarde demais, havia me transformado num caçador de histórias, em busca do meu passado, na recuperação de quem de fato era. E, àquela altura, não havia mais o que fazer, pois os dezesseis caminhos já haviam se entrelaçado ao meu próprio. E podia ouvir as vozes de cada um dos guardiões dos portais. Não podia mais fugir. Só me restava aceitar o destino, tal qual alguns animais aceitam o sacrifício de ter a sua carne partilhada para saciar a fome de outros tantos.

— Mas, Ìyámorò, os guardiões dos *odú* estão esquecendo tudo. A nossa história e os segredos do Universo estão ameaçados.

– Kayode, os guardiões dos dezesseis caminhos estão morrendo... E com eles morrerá também a possibilidade de recuperarmos informações preciosas sobre acontecimentos passados, presentes e futuros da vida do nosso povo.

– Mas por quê? Como podem morrer assim?

– É preciso pressa, filho. Precisamos consultar *Ifá*. Não haverá futuro, ligado ao passado-presente, com a morte dos mais velhos.

Ifá era uma viagem ao tempo. Uma das mais poderosas tecnologias em Ojuobá. Ele nos fornecia antecedentes históricos para eventos, condutas e orientações para o futuro.

– Mas o que poderei fazer para evitar a tragédia que se aproxima?

– Você precisa conhecer a verdade, nem sempre transparente, camuflada por trás da razão. A morte dos mais velhos, por meio do esquecimento, representa para nós uma crise filosófica sem precedentes. Estaremos arruinados.

– *Ìyá*, cresci sob estes valores. Desde que nasci, me questiono sobre quem sou, por que estou aqui nessa cidade, qual é o meu destino. Por cada um dos portões mágicos estão os valores e os mistérios do Universo. E eu tenho experimentado como parte das experiências vividas. *Ifá* não tem sido para mim apenas uma aprendizagem ideológica, um conceito abstrato. É de fato uma tecnologia.

– Isso é *asé* meu filho. É a dinâmica do 'ser' no mundo e de buscar o alento da vida. Tudo o que foi criado no mundo, no Universo, passa pelo *asé*. São as formas que criamos de 'poder' para 'sermos' nos sistemas mundos. O *asé* é o conhecimento, o logos, a nossa racionalidade partilhada com o mundo. É ele que constrói e se apodera da realidade e que nos diz, todos os dias, que sim somos singulares, capazes de agir no mundo.

— Ìyá, quando me dizem que sou um *moná*, o meu *asé* é bagunçado. Eu me desconecto desse sentido original do que é "ser-sendo" no mundo, racionalmente e espiritualmente. A minha identidade e o meu destino se mesclam entre os caminhos de um jeito que não sei bem como explicar em palavras.

— Pois bem, Kayode. Na calada da noite, os conhecimentos dos nossos destinos e dos nossos caminhos estão ameaçados. Corremos sérios riscos. Não faço ideia do que legaremos ao futuro. Esse momento exigirá de todos nós não apenas uma compreensão profunda de quem somos, individualmente, mas sobretudo um entendimento cuidadoso da nossa constituição social, coletivamente construída. O nosso reino corre sérios riscos, meu filho!

Ao ouvir essas palavras, saí correndo pela cidade. Recusava-me aceitar aquele destino óbvio que se aproximava. Havia silêncio em todas as direções, mas, paradoxalmente, dentro de mim, eu era só barulho, numa viagem solitária. Encontrei, sentada à beira de um dos lagos, Ayana, a avó de Merê. Parecia estar num outro mundo. Eu me aproximei dela e ouvi sua risada alta, como se eu estivesse usando uma máscara típica dos teatros de rua da cidade. Mas logo notei que Ayana não estava bem. Não era ela que estava ali, à minha frente. Parecia um *ere*[53], uma criança que acabara de vir ao mundo. Merê aproximou-se de nós e, triste, perguntou-me se consegui falar com sua avó. Apenas respondi dizendo que não, que ela só ria de mim, como se estivesse vendo algo muito engraçado na minha cara. Merê me explicou que a sua amada avó, que preparava quitutes e bolos gostosos todos os dias e lhe ensinava os cantos dos mais velhos,

---

[53] *Ere*: personalidade infantil.

parecia estar perdida em pensamentos confusos e desorganizados. Não lembrava mais do próprio nome e nem quem era. Não tinha passado e estava condenada a não ter futuro. Merê, com o semblante abatido, repetia muitas vezes que ainda não podia acreditar que a sua avó estava morrendo, apagando-se pouco a pouco como a chama de uma vela. Lembrou-me, com sua felicidade costumeira, do dia que Ayana lhe explicou que cada um dos alimentos plantados e colhidos na terra, o milho, o feijão, a mandioca, a batata, cada um era também um ancestral. E que por isso deveríamos respeitá-los. Ele ria de felicidade ao lembrar da voz da avó querida dizendo que, quando nós comíamos as frutas e os vegetais, estávamos devorando e saboreando o coração da terra, um ancestral, que nos proporcionava vida e nos trazia *asé*, o conhecimento necessário para realizarmos a boa luta e recuperarmos as nossas próprias histórias.

Enquanto conversava com Merê, dizendo-lhe que o esquecimento de Ayana não era à toa, que havia uma explicação estruturada e histórica para aquilo tudo, ela olhava para nós com a mão na cintura e nos questionava sobre o que havia acabado de escutar:

– Então, quer dizer, que vocês acham que estou ficando doida, que não passo de uma velha caduca, esquecida da vida? Não, meus filhos, não esqueci nada. Não sou e nem estou louca. Trago na memória cada uma das cicatrizes do tempo. Ele sim, me enlouqueceu, me enganou, achando que eu poderia um dia compreendê-lo. É preciso muito tempo para entender o tempo.

Rindo ainda mais alto, Ayana disse que o tempo a engravidou e que foi assim que nasceram as histórias. Ela gritou bem alto que de sua vagina havia parido as histórias, boas ou más, tristes ou alegres, edificantes ou destruidoras, mas que não se sentia responsável pelos caminhos que as suas histórias tomaram. Uma vez paridas, elas tomavam seu rumo, seu curso, e cada um poderia contá-las e escrevê-las do seu jeito.

— Vó, a senhora precisa descansar. Venha aqui comigo — tentou Merê, sem sucesso, levar a avó para uma das casas coletivas.

— Solte-me, rapaz! Já lhe disse que estou bem — retrucou Ayana, não reconhecendo mais o neto.

— Vocês demoraram bastante para entender a Natureza como um imenso organismo vivo. Seremos eliminados. Os "povos de cima" vão nos destruir. Espalharão mais mortes e doenças. Os organismos abióticos controlarão os bióticos, de modo que nada no Universo vai se sustentar, muito menos a vida.

— Vó, a senhora não está bem. Venha comigo. Por favor! A senhora precisa descansar.

— Não vou! Quero ficar aqui, olhando para o lago. Preciso de respostas. Entender as relações da humanidade com a natureza. E para isso preciso viajar pelo espaço-tempo, vasculhar as memórias. Os nossos ancestrais perambularam por milhares de anos e sobreviveram. A tragédia começou quando resolveram se fixar, criar essas máquinas que retiraram tudo de nós, inclusive a ideia de que cada alimento é um ancestral, e que, portanto, precisa ser cuidado, amado, respeitado. Nos tornamos sedentários de absolutamente tudo, incluindo do afeto. A população do planeta cresceu e muitos de nós fomos escravizados sem aviso prévio. E todos nós, melaninados, fomos explorados, retirados de nossa humanidade. Os ecossistemas naturais foram destruídos. E agora? Me respondam? O que sobrou de nós? Enfrentar essa gente dos "reinos de cima" de uma vez por todas? Novamente nos atacam. E agora?

— Merê, deixe sua avó falar. Não parece tão perdida assim. Precisaremos ser fortes, resilientes. Babá Aganjú e Ìyámorò já tinham me advertido. Novos tempos se iniciam para nós. Ainda não sei o que faremos para reverter esse encanto. Os mais velhos do reino estão acorrentados em seus pensamentos e lembranças e não dizem coisa com coisa. Os dezesseis portões mágicos do reino estão vulneráveis. Poderemos ser surpreendidos a qualquer momento.

Passaram-se algumas semanas até que Ayana se acalmasse. Antes disso, sua família teve que conviver com os seus olhares desconfiados e perdidos para o infinito seguidos de frases soltas e descontextualizadas que, à primeira vista, pareciam não fazer sentido. Sua memória recente estava completamente comprometida, intercalada por variações bruscas de humor e personalidade. Por vezes, Ayana parecia repetir as frases e imitar a voz da própria mãe. Aos poucos, os anciões do reino passaram progressivamente e inexoravelmente por um processo de deterioração das funções cerebrais. Perderam a memória, a linguagem, a razão e a habilidade de cuidar de si próprios e dos seus. O sentido de coletividade do reino comprometeu-se. Os mais jovens, desorientados e sem saber o que fazer, que decisões tomar. O caos se instaurou.

— Merê, precisamos conversar com Babá Aganjú – sugeri, aflito.

— Mas será que ele também já não se encontra perdido em pensamentos, como os anciões da cidade?

— Temos que tentar. Só ele para nos dar uma luz. Estou confuso. Não sei que caminho trilhar.

— Sabia que vocês viriam. Venham aqui comigo – disse Babá Aganjú ao chegarmos a sua presença.

Ele nos levou aos porões de sua casa. Ao chegar embaixo, nos mostrou uma pequena tábua redonda de madeira, o *opom*[54]. E riu dizendo que ali se encontrava uma das mais poderosas tecnologias do reino. Começou a nos explicar que Ifá era um sistema oracular criado pelo nosso povo, baseado no manejo de dezesseis caroços de dendê, para obter uma combinação entre um conjunto de 256 signos gráficos denominados *odú*, que nos apresentavam os destinos. Os versos e as palavras compunham os significados dos *odú*. Os primeiros dezesseis eram considerados maiores e, os duzentos e quarenta restantes, *odú* menores. Com uma habilidade impressionante, Babá Aganjú manipulou a tecnologia ancestral à nossa frente e orientou que, para salvarmos o reino, teríamos que adentrar a Floresta Encantada e trazer o pote de barro protegido pela serpente. Mas nos advertiu que até chegar à serpente, seríamos provados e teríamos que enfrentar os nossos maiores medos.

— Babá, eu tenho pavor a serpentes. Eu as considero seres repugnantes. Não vou conseguir. E não quero conversar com víboras – expliquei, apavorado.

— Filho, você precisará encontrar a serpente que guarda o pote de barro. Sem ele o encanto não poderá ser desfeito. Além disso, somente um *omorodé* poderá se embrenhar na Floresta Encantada. Os jovens que antes tentaram nunca conseguiram retornar. O destino de seu povo, filho, ratificado por *Ifá*, está em suas mãos.

— Merê, você vem comigo?

— Sim, Kayode, ele poderá ir junto, mas você terá que tomar uma decisão difícil. Talvez a mais complexa da sua existência, no momento mais crítico da missão. Sigam, não percam tempo. Os

---

[54] *Opom*: tábua de madeira usada em Ifá.

nossos ancestrais os acompanharão. Vocês têm poucas semanas para retornar, e espero que não cheguem tarde demais – respondeu, reflexivo, Babá Aganjú, antes mesmo que Merê pudesse reagir ou responder por si.

7
As aranhas

Cerca de uma hora depois de conversar com Babá Aganjú, e sem tempo de nos despedirmos de minha mãe e de Ayana, avó de Merê, lá estávamos nós dois, Merê e eu, em frente à temida Floresta Encantada. O lugar do último encontro para muitos dos nossos que se aventuraram no passado por entre os caminhos obscuros da assustadora, imponente e misteriosa floresta. Cresci ouvindo de Íyá Oká que aquele lugar onde nos encontrávamos era equivalente à *Porta do Não Retorno,* um monumento de uma cidade antiga construído no local de embarque de nossos ancestrais escravizados, enviados a terras distantes, que sabiam que a partir daquele porto não haveria mais regresso. Havia celebrações anuais nos dezesseis portões mágicos com uma grande festa aos espíritos da floresta em memória aos tristes acontecimentos à *Porta do Não Retorno.*

— Kayode, estou com medo — disse-me Merê, com expressão de desistência.

— Eu também, Merê, eu também! Parece-me assustadora a ideia de buscar uma serpente, um animal que me dá arrepios.

— E essa Floresta, Kayode? Olha que estranha parece. Fechada. Um cheiro exótico, de mistério. Urtigas, mosquitos. Teremos mesmo que ir?

— Teremos que avançar. Não sei descrever ao certo o que estou experimentando. Sinto um frio na barriga, como aqueles que antevemos com uma notícia ruim que acabou de chegar. Aprecio náuseas de medo do desconhecido, mas, ao mesmo tempo, estou curioso para saber o que irei encontrar. Não consigo deixar de pensar que, talvez, esta seja de fato a nossa *Porta de não retorno*. O nosso último pesadelo, num abraço ao infinito.

Merê e eu, abraçados, demos o primeiro passo rumo à assustadora Floresta Encantada. O chão estava frio e calafrios serpenteavam por nossas pernas. Crescemos ouvindo, por meio de *oriki*, que na Floresta Encantada desenvolveram-se sociedades complexas, com inúmeros e diferentes tipos de habitantes que criaram tecnologias e viveram em pequenas vilas. As vozes dos *oriki* também davam conta de que lá dentro deveria haver inúmeras estruturas desenhadas no chão com pedras que teriam sido espaços de sociabilização, práticas cerimoniais e observação do céu. Muitas espécies de vegetais haviam sido domesticadas por seus habitantes, todos desaparecidos. Mas os seres invisíveis, os espíritos da floresta, cercados de sua poderosa fauna e flora, deveriam permanecer por lá, como fósseis das memórias.

Olhando para a Floresta Encantada não era difícil vê-la como um gigantesco processador de vapor d'água. A Floresta, já por muito tempo, controlava o clima do nosso reino, um ecossistema singular do planeta Igbó. O ciclo da água e do carbono na Floresta Encantada eram regulados por pequeníssimos elementos que existiam nas folhas de todas as suas árvores, comunicadas às árvores do planeta. Esses eram também processos tecnológicos bem descritos por nosso povo. Sabíamos que a fotossíntese acabava gerando alimento para as plantas, o que culminava na emissão de vapores de água para a atmosfera. Nós podíamos ver uma imensa quantidade de vapor d'água pairando sobre a Floresta. Parte da água era estocada em Keturumí. Era possível notar uma enorme quantidade de gases voláteis presentes na atmosfera da Floresta, cenário que era bem distinto daquele visto na cidade. Impressionava-nos a quantidade de nuvens formadas, o que ocasionava chuvas torrenciais frequentes diariamente. As árvores e suas raízes eram compostas por quantidades pouco desprezíveis de carbono. E, por isso mesmo, a Floresta precisava se manter intocável, para garantir a nossa existência no planeta Igbó. Nós não poderíamos respirar carbono, simples assim.

Ínfimos frente à grandeza temível da Floresta, perdemos o medo que nos paralisava e seguimos caminhando por entre o coração de árvores e arbustos, nos embrenhando nas profundezas da mata misteriosa, pedindo licença aos seres materiais e invisíveis que pensávamos ali residir. De relance vimos aranhas. Eu já estava acostumado a elas. Na infância, observar e conversar com as aranhas era um dos meus passatempos favoritos. Falar com os animais era parte do que me tornava diferente na escola e na vida e me fazia sofrer todo tipo de assédio na cidade, mas era também o que me tornava singular, e eu desfrutava disso às vezes.

Ao chegar da escola, o meu divertimento favorito era observar o movimento delicado das aranhas em teias construídas entre as folhas de um arbusto fino na frente de casa. Ficava fascinado pelo que via. Logo cedo me dei conta que podia me comunicar com as aranhas e com os outros animais, acessar suas personalidades e que, ao contrário do que era conhecimento corriqueiro, as aranhas não eram estúpidas. Eram inteligentes e sensíveis, embora ardilosas. Quando as observava, nada à minha volta, nem mesmo os gritos de minha mãe chamando por meu nome para dizer que a comida estava pronta, eram capazes de desviar os meus olhares hipnotizados e completamente apaixonados por aqueles fios de seda. Ficava admirado com tamanha habilidade que as aranhas tinham em caçar, garantir as refeições. Elas pareciam capazes de aprender e aperfeiçoar os instintos básicos, ligados à caça e à construção da teia. Os instintos aracnídeos aparentavam algoritmos mentais bem programados, unicamente dados aos processos de aprender e de realizar sinapses complexas.

As fêmeas eram geralmente quatro vezes maiores que os machos. Certa vez, à minha frente, cruzou uma fêmea adulta, com seus quatro pares de olhos, oito pernas, corpo esférico, alaranjado e avermelhado na parte inferior, e, acima, um arco-íris de possibilidades. Um ser encantador. Uma caçadora eficiente, sedutora, predadora por excelência. Pude eu mesmo testemunhar várias de suas estratégias de guerra frente a uma caça muito mais poderosa que ela. Recuava. Fazia de conta que havia desistido de lutar, mas, sabiamente, dava a volta sem fazer estardalhaço para, então, num só golpe certeiro, atingir seu objetivo. Não podia tirar os meus olhos daquele animal. Os fios não eram rígidos e se adequavam facilmente às correntes de ar fazendo com que as aranhas sabidas voassem quilômetros, escalando pelas folhas, posicionando a parte posterior do corpo para o alto e, lançando seu fio de seda, flutuassem. As aranhas podiam assim voar, tal qual eu o fazia em sonhos, de uma margem do rio à outra.

Quando um inseto caía na teia, a aranha enredadeira saía do centro em direção à presa e a picava. Liberava uma dose de veneno quimicamente poderoso que paralisava seu cativo, que logo passaria a almoço. Outras vezes a via enrolar por completo a presa com os cobertores feitos pelos fios de seda programados para imobilizar. Logo em seguida transportava o pacote para o epicentro da morte, devorando-a lentamente, ensopando-o em sucos gástricos altamente venenosos. Era a baba da morte. E se chegasse outra vítima, não tinha problema. Com esperteza, o aracnídeo reservava a janta de um lado e saía correndo para buscar a refeição da madrugada.

No processo de comunicação e observação das aranhas, era latente sua humanidade, mesmo sua cabeça tendo apenas alguns milhares de neurônios, suficientes para fazê-las sobreviver, para alterar os seus comportamentos. Engraçado era perceber que, mesmo aptas a aprender coisas novas, mantinham a memória, o passado e as experiências próprias da espécie. Os ovos sempre protegidos por fibras resistentes de seda que cosiam com maestria. As teias eram construídas com geometrias variadas, do caos à organização em raios convergentes e esboços espiralados, por vezes teias funcionais completas na horizontal e na vertical. As aranhas estavam programadas para construir suas teias, em qualquer dificuldade, e nada as deteriam.

As aranhas da cidade possuíam enzima esfingomielinase-D, proteína responsável pela destruição dos tecidos humanos na região das picadas. Muitos dos nossos pereceram, perderam seus membros atingidos pelas garras ínfimas da morte, substituídos por próteses fabricadas a partir de fios de cipó geneticamente modificados. Sempre fui apaixonado pelas aranhas e adorava saber, por minha mãe, que eram elas as responsáveis por tecer as histórias.

– Kayode, veja que linda essa aranha – disse Merê, tocando um artrópode de múltiplas cores e do tamanho de uma mão adulta, cheio de pelos, com uma aparência pouco atraente, para ser sincero.

– Merê, não a toque! – disse, rapidamente, tentando impedir que o pior acontecesse, mas já era tarde demais. Apenas vi quando o aracnídeo penetrou com prazer as suas garras na mão de Merê e deixou o seu veneno circular nas veias do meu amigo.

– Kayode, o que está acontecendo? Sinto uma forte dor, um calafrio seguido de vertigens. Estou com sono. Vejo muita gente à minha volta. Não me deixe morrer, por favor!

– Você não vai morrer, Merê. Uma aranha extremamente venenosa te picou.

Sem saber ao certo o que fazer, frente à lesão dura e escura que já se podia notar no lugar da picada e que poderia rapidamente evoluir para necrose, perguntei afobado à aranha:

– Por que você o picou? Ele não te fez mal algum! Apenas tocou o seu corpo – indaguei, com raiva.

– Ora, ora. Eu estou em minha casa. Vocês não são bem-vindos. Este é o meu território. E o meu corpo não é propriedade alheia para me tocarem quando achar que devem.

– Mas ele não te causou mal algum. Você não precisava ter reagido dessa forma. Nós viemos aqui em busca do pote de barro da serpente. Não queremos causar danos. E agora, o que será de Merê? O que você fez?

– Eu construo as histórias. Houve um tempo que não havia história alguma e decidi contá-las. Criei uma teia que ia da terra até o céu. E lá coloquei uma serpente para cuidar do pote de barro. Se você quiser seu amigo de volta, terá que me trazer o pote de barro protegido pela serpente. Somente o pó dentro dele poderá trazer seu amigo à vida.

– Mas como seguirei viagem sem Merê? – Nesse momento, eu chorava muito, com meu amigo deitado nos meus braços.

— Isso não é problema meu. É uma questão de vocês. Todas as histórias, para serem construídas e contadas, têm um preço. Esse é o meu. Só assim poderei recontar a história de vocês. Do contrário, seu amigo não mais acordará do sono profundo.

— Por favor, não faça isso comigo! — Implorei, desesperadamente. — Entrei aqui, nessa maldita Floresta com Merê, e vamos sair daqui juntos. Temos a missão de escrever uma outra história para o nosso povo. E, você, o que faz? Está roubando a nossa história? Quem você pensa que é?

— Eu? — Perguntou, a aranha, gargalhando. — Eu mesma não. Não roubo histórias. Só me divirto criando-as, reinventando-as, degustando-as. E, por vezes, sequer vou buscá-las. Elas caem nas minhas teias, fisgadas pelo brilho e o desejo de serem contadas. Você tem o desafio de criar a sua nova história. Pare de reclamar.

Como se estivesse no espaço sideral, senti um vazio gigante ao ver Merê deitado no chão, com olhos fechados e semblante de quem dormia profundamente. Agora, a minha missão era dupla. Tinha não apenas que salvar as histórias do nosso povo, mas, sobretudo, a pessoa que mais amava, a minha própria história. Um amor que sequer compreendia, que invadia a minha respiração e me fazia pensar que o mundo só precisava de fato de duas pessoas. Não havia tempo para pensar o quão horrível seria ser feliz sozinho a partir dali. Para além de minha mãe e Babá Aganjú, Merê era a única pessoa em todos os cantos do planeta Igbó que me compreendia e me respeitava incondicionalmente. Ele era a pessoa mais especial da minha teia de relações. Como doía vê-lo naquela situação, num corpo sem vida, sem ar. Reconheci-me impotente.

— Pare de resmungar, meu rapaz, e siga viagem. O seu tempo está passando. Vou armar a teia temporal e, até você encontrar a serpente e retornar com o pote de barro, terei fabricado outras histórias de amor. Apresse-se ou a sua história com seu amigo estará devastada.

– E em que direção devo ir? – Perguntei-a, desorientado.

– Siga em direção do poente. A serpente se encontra no templo Makatu. Você saberá reconhecê-lo. Mas cuidado, pois, até chegar lá, outras histórias deverão ser reinventadas.

Estava ali, sozinho, na temida Floresta Encantada. Num ambiente extremamente adverso, onde cada um de nós, vivos, deveríamos estar preparados para lutar pela própria vida, a cada instante. Vírus e bactérias competidoras. Plantas com suas toxinas próprias para se defender contra animais que as queriam engolir. Aranhas, escorpiões, serpentes, sapos, onças, leões, macacos, morcegos e tantos outros animais que aprenderam, na lógica da evolução, a se defender e a sobreviver. Não havia ali, naquela floresta, já nos primeiros minutos que a descobria, qualquer sinal de um ambiente de coexistência romântica. Havia violência instaurada. E, certamente, a maior de todas, foi a de testemunhar a quase-morte de uma das pessoas mais importantes da minha vida por conta da picada de uma aranha que concebe e reconta histórias. E quem enunciaria a minha própria história? Caberia a mim construi-la, inventá-la, programar um desfecho diferente, ainda que desse a minha própria vida, a exemplo de meus ascendentes. Esse era o maior dos desafios confiado a mim por aquele ser cabeludo invertebrado de intenções pouco confiáveis.

Ao mesmo tempo que os meus ossos temiam o que estava por vir, também passei a respeitar os processos de violência entre as espécies que ali precisavam coabitar. Desde muito cedo, como um *omorodé*, descobri que podia falar com os animais. Aprendi a não os subestimar, tratá-los como inofensivos, mas a respeitá-los em sua dignidade e animalidade, tal qual os humanos poderiam ser extremamente imprevisíveis e violentos. A tecnologia desenvolvida por meus ancestrais, buscando entender os mecanismos de proteção dos animais, foi que criou estratégias de se evitar acidentes com os bichos ditos venenosos. Aprendemos a manipular suas moléculas a nosso favor. Produzimos inúmeros antibióticos capazes de exterminar bactérias e vacinas que nos ajudaram a exterminar vírus que dizimaram populações em diferentes planetas do Universo. Os nossos estudos científicos e tecnológicos tinham, ao longo dos anos, buscado inspiração na natureza, e, a Floresta Encantada, tinha sido fonte de inspiração e de medo para o nosso reino, um laboratório pouco explorado. Todo adolescente de Keturumí sonhou, um dia, atravessar a Floresta Encantada, descrevê-la, contar as suas histórias, como etnólogos do meio-ambiente. E deveria estar feliz em poder fazê-lo, sendo um *omorodé*, um *moná*. Ali dentro sentia que havia nascido para aquilo. Eu, mesmo sendo produto de manipulação científica a partir do mel de abelhas e cinzas ancestrais. Obviamente que com esse histórico, não poderia estar e nem me sentir só ali. Por mais que me sentisse só, estava acompanhado por todas as pessoas que pereceram por mim e por nosso povo. Esse era o maior conforto entre as asperezas de uma viagem extremamente perigosa e, emocionalmente, cansativa, limítrofe. A vida nem sempre é justa, calma e com final feliz. Precisava aceitar a minha sina.

8
A Galinha de Angola

Segui viagem adentro. Enfrentando a mata fechada, o vazio, os medos. A vida na Floresta Encantada poderia ser tão dura quanto bela. O chão, as árvores, os espelhos d'água e seus encantos em confluência com a diversidade biológica do lugar. E, obviamente, os espíritos que insistiam em me acompanhar a cada passo que dava rumo ao cumprimento obstinado da missão aparentemente impossível. Eu me sentia o tempo inteiro vigiado, com a sensação de que estava sendo seguido, observado, para qualquer lado que olhasse. Era necessário, a cada instante e a cada movimento, resgatar a lucidez, os afetos deixados para trás, para que aquela jornada fizesse sentido. A desistência se fazia companheira vigilante em pensamentos truncados.

As árvores, cúmplices de olhos ocultos, pareciam me confundir. A cada quilômetro andado, a volta parecia impossível. A savana apagava os meus passos à medida que avançava. A sede e a fome presentes na boca seca e nas miragens que alastravam as minhas vistas embaçadas pela vontade de ficar no caminho. A ansiedade tomava conta de minhas sensações mais básicas cada vez que pensava em Merê. A angústia invadia os pensamentos sem saber como ele estava e nem onde estava. Poderia eu confiar naquela aranha? Minha mãe me ensinou a desconfiar. Repetia que, na vida, a confiança é um jogo de azar.

Parei alguns segundos para descansar sob a sombra de uma árvore cujas folhas eram guarda-sóis gigantes, cujas raízes estavam à mostra e serviam de cadeira de descanso. Parecia um atleta em estado de hiperidrose. A umidade dentro da Floresta era de noventa por cento. Coração disparado e, os pensamentos, em Merê. Viver na Floresta Encantada era bastante perigoso, mas aprender a viver, naquele caso extremo, era o que se podia esperar do gesto de viver mesmo.

Contemplando as folhas da árvore, saltavam à minha mente vários dos ensinamentos e dizeres de Íyá Oká quando, ao chegar da escola após sofrer atos de violência por parte de professores e colegas, ela me abraçava num aconchego similar ao que sentem os filhotes de pássaros que não sabem voar. Aos poucos os braços e o colo de minha mãe serviam de ninho para as aflições escondidas nos subterrâneos da alma. Mas agora ela não estava ali e eu teria que, sozinho, dar conta das emoções e dos medos que insistiam em me atravancar. E eu rezava. Fazia silêncio e rezava.

A Floresta Encantada corporificava, a uma só vez, o mundo dos vivos, dos mortos e o dos que ainda estavam por nascer. Podia notar, em qualquer direção que olhasse, as cores básicas harmoniosas que embalavam a cultura do planeta Igbó: o silêncio e a resignação do preto; a energia e a vida do vermelho; o luto pela morte do branco, que proporcionava (re)nascimento e continuidade. O verde-azulado do céu e o marrom da terra.

Quando quase me rendia ao cansaço da viagem que já parecia demasiadamente longa, ouvi, em um fim de tarde, movimentos bruscos vindos do meio da mata, na direção de um amontoado de pedras:

— Ca-ca-re-jar!!!

— Quem está aí? – perguntei assustado.

— Sou eu, meu rapaz, a Galinha D'Angola. Não precisa ter medo de mim. O que você está fazendo aqui?

— Estou descansando. Preciso chegar o quanto antes à serpente guardiã do pote de barro. Você sabe onde posso encontrá-la e qual caminho seguir? Estou desorientado. Aqui dentro os caminhos são parecidos e me perco facilmente.

— O quê? Você está doido? Ninguém jamais conseguiu chegar lá. E se chegou, não voltou. Foi devorado pela serpente faminta. Se você nem sabe ao certo que caminho seguir, fica mais difícil. Por que você acha que esse lugar se chama Floresta Encantada? Você não vai se achar facilmente aqui, nesse labirinto. Caminhará eternamente, em círculos, até se cansar.

— Preciso do pó mágico para salvar Merê, meu grande amigo, da morte, e libertar o meu povo do esquecimento. E não tenho muito tempo para isso.

— Está bem ... está bem... Posso ajudá-lo.

— Como é que uma galinha poderá me ajudar? Sempre me disseram que as galinhas não pensam e que enxergam em duas dimensões.

— Ora, ora, não sou uma galinha qualquer. E dizem tantas coisas sobre nós e sobre os outros, não é mesmo? Nem tudo é verdade. Você precisa filtrar as informações que chegam até você. Queria entender por que os humanos se sentem tão superiores? Responda-me! E, mais, rapazinho: saiba você que já sobrevivi à bactéria *Ornithobacterium rhinotracheale*, que se espalha facilmente e causa doença respiratória em galinhas, patos, gansos e perus. Sou astuta, meu filho! Posso inclusive falar, embora nem todos consigam me ouvir. Vocês sim são limitados. Você sabe como nós, galinhas, nascemos?

— Não faço ideia!

— Está vendo? Nem isso você sabe! Pois bem. No início da vida de uma galinha, ainda dentro do ovo, as células da crista neural migram para as regiões do corpo dando origem aos nervos faciais, na cabeça, os gânglios nervosos do tronco e ao coração, que tudo vê e sente. E, além do mais, eu sou linda. — Nesse momento, a Galinha D'Angola deu uma gargalhada alta, burlando da minha flagrante ignorância.

— Você é bem convencida, hein?, e, de fato, nada burra.

— Claro que não sou burra. E não sou convencida. Apenas me amo e me valorizo. Vou te contar a minha história.

— Estou curioso para ouvi-la.

— Sempre fui tida como uma ave feia. Criaram histórias terríveis sobre mim. As pessoas e os outros animais se afastavam de mim, riam da minha aparência, mesmo sendo rica. Achincalhavam do meu pescoço e diziam que eu era burra, mais burra que as pedras. Aqui, na Floresta Encantada, mesmo sendo rica, vivia abandonada.

— Ah, Galinha D'Angola. Bem lhe entendo. As pessoas do reino também me evitam. Zombam do *ofá* que trago no rosto, que é de nascença, e dizem que sou anormal, diferente das outras crianças do meu reino. Fazem piada. Me agridem fisicamente, psicologicamente. Sei o que a senhora sente. Passo por isso todos os dias.

— Sim, rapazinho, as pessoas estão sempre nos julgando. Não importa o que façamos. Mas eu, que besta não sou, e cansada de ser desprezada, fui falar com um dos guardiões dos dezesseis portões mágicos do seu reino.

— Mas por que do meu reino?

— Porque eles sabem tudo. Conhecem a essência das coisas e os mistérios do Universo. Eu quis usar a tecnologia *ifá*.

— Sério? E o que aconteceu, conte-me, estou curioso.

— Não me deixaram passar. Disseram que teria que estar vestida e coberta corretamente. Fiquei revoltada e resolvi fazer morada aqui na Floresta Encantada de uma vez por todas. Deixei de conviver perto dessa gente complicada. Desses humanos e não humanos despreparados para aceitar o outro, o diferente.

— Mas agora lhe vejo tão forte e vistosa! Nem parece infeliz. O que houve com você? Como conseguiu?

— Ah, meu filho, você não sabe é de nada. Um dia, enquanto caminhava desolada pela Floresta Encantada, encontrei um velho sujo, bem pobre, gemendo de dores. Estava muito, muito doente; o pobrezinho não tinha o que comer e beber. Peguei tudo o que tinha e dei para ele. Para a minha surpresa, esse ancião caiu em sono profundo. Sem saber o que lhe havia passado, resolvi ficar de plantão ao lado dele. Você sabe como funcionam as coisas aqui na Floresta, não é? Aqui vale a lei dos mais fortes. Ele poderia ter sido devorado por um leão faminto em frações de segundos. Ou, quem sabe, por uma serpente gulosa. Ela primeiro lhe daria um farto abraço e, depois pacientemente quebrando osso por osso, o engoliria por inteiro e ali ficaria estática por dias, fazendo a digestão.

— Por sorte ainda não vi nenhum desses répteis. Tenho pavor a serpentes. Estou imaginando encontrar a víbora do pote de barro...

— Ah, elas ficam bem escondidas por entre as pedras, nas moitas, nos lugares úmidos à espera de comida. Camufladas nas múltiplas cores da Floresta. Tome cuidado. Quando a gente menos espera, elas atacam.

— Mas que bom que você, Galinha D'Angola, com seu coração e bom caráter, não abandonou o ancião. Babá Aganjú, o meu velho querido, sempre me disse que precisávamos praticar a caridade, o amor alegre.

— Não poderia abandoná-lo. Aquela pobre alma estava sozinha, entregue à sorte. Sabe? Foi ele, esse velhinho, que me ensinou pela primeira vez que a minha aparência externa não importava. Ele, ao acordar, não teve medo de mim. Pelo contrário. Abriu um sorriso e me abraçou. Pela primeira vez encontrei alguém que não me achava burra, feia, de aspecto repugnante. Ele me fez desistir de buscar a morte. Do jeito dele, me ensinou que o meu exterior não importava nada. Que o que estava dentro de mim era a maior de todas as belezas.

— Olha, Galinha D'Angola, acho que esse velho estava lhe testando, não? Provavelmente era algum encantado da Floresta.

— Sabe que já pensei nisso! Ele veio para me lembrar que sou bela, independente do que os outros pensem. Ele pegou *efun*[55] e começou a me pintar, e fiquei assim, mais bonita, com essas pintinhas brancas contrastando as minhas penas negras. Você gosta do que vê?

— Sim, gosto muito do que vejo, mas mais ainda do que não vejo. Dos seus gestos nobres, da sua essência. Não podemos julgar ninguém pela aparência. Jamais negar comida e bebida.

— Mas já passou, meu rapaz! Aqui na Floresta, como parte dos encantos, eu sou, desde então, o maior símbolo de individualização e represento a iniciação de novas vidas. Estou ligada ao começo e

---

[55] *Efun*: pó branco.

ao fim, com a vida e a morte. E você, vai ficar aí deitado esperando a morte chegar? Apresse-se. Há muito chão à sua frente.

— Eu não sei, Galinha D'Angola, se irei chegar ao final. Confesso que já estou cansado. Os dias na Floresta são tão intensos e não vejo fim.

— Não há fim, meu filho. Não há fim. Tudo é recomeço.

— E a senhora não tem filhos? Não põe ovos? Cadê a sua família?

— Essa é uma boa pergunta. Claro que ponho ovos. Todas as galinhas põem ovos. Eles vêm primeiro. Sabe aquela pergunta básica sobre quem nasce primeiro, o ovo ou a galinha? É o ovo. Quem diria que um pinto, ao nascer tão tosco, se transformaria numa galinha assim como eu, linda, inteligente, hein? Mas os meus pintos, quando nascem, já são livres. Eles ficam dando voltas por alguns dias, dependentes de mim para tudo, piando, piando, mas logo, logo, saem por aí; se aventuram pela Floresta Encantada, bem donos de si. E o Galo D'Angola de vez em quando passa por aqui também, com o peito estufado.

— Que coisa! Será que estou sonhando?

— Não, não está sonhando. É realidade. Eu existo. Mas deixo bem registrado: os galos são chatos. Se acham os donos do pedaço. Mas não mandam em nada, não definem nada. E a gente até deixa eles se sentirem um pouco donos do pedaço... Mas a verdade é que não são. Não passam de tiranos. — E, novamente, soltou uma gargalhada forte. — Mas pare de ouvir as minhas bobagens. Você precisa seguir viagem. Só tome muito cuidado ao atravessar o Rio Osogbo[56], naquela direção. — diz ela, apontando para o seu lado

---

[56] *Osogbo*: terra sagrada da deusa Oxum na cosmologia yorubana.

direito. – Logo após cruzá-lo, você avistará o templo Makatu. É lá que está o maior de todos os seus desafios: o ninho da serpente.

9
As máscaras

Tinha aprendido que coisas fantásticas poderiam acontecer na Floresta Encantada. O que mais poderia me acontecer ali? pensava eu de forma obsessiva. A Galinha D'Angola, falante, desapareceu como se fugisse no rastro de uma estrela cadente. Eu não tinha outra opção senão caminhar na direção que ela me indicou. Há alguns metros dali, avistei, na minha sonolência, uma pequena cabana no meio da mata. A cabana flutuava acima de uma pequena poça d'água, estocando gravidade. Já era entardecer e a noite se aproximava. Se percebiam luzes de candeeiro produzidas a partir de enzimas de vaga-lumes vindas do pequeno mocambo. Subi as escadas do casebre chamando por alguém. A esperança de encontrar alguma pessoa ali era a última a morrer, embora a primeira a ser enterrada.

– Tem alguém aí? – E eu mesmo respondi, conversando comigo mesmo, me achando um louco, pois sabia que dificilmente haveria qualquer vivente humano naquela Floresta além de mim. Em resposta, ouvi apenas o eco da minha voz que se propagou por entre as alamedas como uma flecha certeira ao encontrar o vazio.

Não havia ninguém ali, pelo menos não alguém que pudesse ver. À essa altura da minha epopeia, já não tinha certeza se teria forças para regressar, resgatar Merê e voltar a Keturumí, são e salvo. Ao entrar na choupana, vi um conjunto de máscaras encostadas num dos cantos do cubículo. Senti o meu corpo arrepiar ao lembrar as palavras de Ìyámorò, quando dizia que o mundo dos espíritos não é metafórico ou imaginário, sendo mais real do que o mundo do dia a dia. Aquelas palavras nunca fizeram tanto sentido. As máscaras eram a certeza da presença dos espíritos da Floresta. As recordações de conversas que tive com a minha mãe muitos anos depois que nasci povoaram o mundo concreto da existência que vivi. Ela me confessou que achava que eu seria uma criança *àbíkú*[57], as que vem ao mundo, causam grandes transformações e morrem precocemente. Revivi as expectativas do passado e me projetei fora dali, morto muitos anos antes. Por vezes senti vontade de correr para longe de minha mãe e de minha missão. Enquanto revisitava o baú empoeirado das memórias, fui tirando cada uma das máscaras e passando a mão sobre o pó, na pressa das formigas. Achei uma máscara mais bonita do que a outra, com formas e relevos que contavam histórias que tampouco faziam sentido para mim. Os desenhos representavam histórias variadas de homens, mulheres, bichos, plantas e arquiteturas. Olhei atentamente para os cantos da cabana como se fosse um detetive e, ali dentro, tampouco vi qualquer sinal de gente como a gente. Havia apenas a vida animal e vegetal comum daquele lugar e daquela paisagem. Ao olhar pela janela ao fundo do cantinho que abrigava as máscaras, pude avistar um rio imenso. Mas julguei que aquela imagem era pouco provável. Como poderia, afinal, haver um rio tão grande e formoso no meio da Floresta? Mas coisas inverossímeis aconteciam. Desci pelas escadas do barraco, mas, antes que pudesse esquecer a imagem

---

[57] *Àbíkú*: nascer (*àbí*), morrer (*ikú*).

do rio, vi passar por mim um desfile de máscaras gigantescas que saíam dos acostados da Floresta. Havia fumaça espessa, com cores que lembravam o ferro sendo deformado pelo o fogo. Pude ouvir música ao fundo e toque de atabaques. As máscaras eram aterrorizantes e o som dos atabaques convidavam os ancestrais e os espíritos da Floresta a celebrar a vida, a se encontrarem naquele baile de mascarados. As máscaras e a música que as acompanhavam carregavam em si uma essência fúnebre que fazia os meus ossos temblar de medo como os fortes vulcões do reino. Era incapaz de olhar diretamente para as máscaras, com suas cores extravagantes e, ao mesmo tempo, singelas, adornadas de pequenos espelhos e detalhes em tecidos. Notei que outros semblantes imagéticos sintetizavam o masculino e o feminino, faces da mesma moeda. Traziam-me a lembrança da "grande mãe", a "mãe-natureza" e os princípios de criação.

Enquanto as máscaras gigantes dançavam em fila única, uma atrás da outra, não sabia para onde olhar. Contas verdes da vegetação desciam pelas encostas. Os arbustos pareciam pegar fogo. Ondas se formavam no rio que já não parecia tão distante dali. *Ikú*, a morte, não era capaz de me causar nem um terço do pavor que sentia perto daquelas máscaras. Ouvi vozes em línguas e elocuções ancestrais.

Olhei para o alto, num reflexo de fastio, e vi uma das máscaras gigantes dançando à minha frente, feroz como um monstro liberado do cativeiro. As máscaras eram tão gigantes que, de dia, certamente bloqueariam a luz do sol. Eram, elas mesmas, vulcões em erupção liberando material do magma. Cada vez que as máscaras pulavam em roda, o meu corpo respondia encolhendo-se de abominação. Era impressionante, mas aquela energia alterava o entorno. Não tinha como passar despercebida. Havia ali uma confluência de campos e experiências ancestrais que fugiam ao meu controle. Algo novo, nunca vivido por mim. Havia um enredo naquele desfile que ligava histórias do passado, também marcadas na parte exterior das máscaras por esculturas peculiares, que lembravam as casas, as vilas, os monumentos, a geografia de Igbó. Era uma dança feroz e de lamento. Uma dança com a morte, mas numa experiência ainda mais profunda, porque elas me traziam ideias de vida após a morte. Finalmente, podia vislumbrar mundos invisíveis. Entre os adereços, alguns carregavam grandes orelhas que me lembravam coelhos gigantes. Por trás daquelas máscaras, certamente estavam os nossos ancestrais, que já haviam partido para o mundo dos mortos e, por alguma razão, decidiram me visitar, saudar-me, ajudar-me na travessia pelo desconhecido. Aquela dança tinha um propósito, um recado, um aviso, mas eu, revestido de estranhamento, era incapaz de interpretar. O dia havia sido eclipsado e a noite reinou. Não havia luz na Floresta. Tudo era breu.

    Fechei os olhos e, de repente, um clarão se fez presente. Achei que fosse a morte que tinha vindo finalmente me buscar, com um pouco de atraso. Fui lentamente abrindo os olhos na tentativa de enxergar qualquer coisa diante de mim. Vi um homem alto, negro, vestido para a caça, pés descalços, olhando para mim com seriedade. Quebrando o silêncio, perguntei-o:

    – Q...uem é você?

    – Eu? Você deveria me conhecer – respondeu com tom sarcástico.

    – Por que você acha que deveria conhecê-lo?

    – Porque sempre estive por perto. Sei tudo da sua vida. Sempre soube que você viria.

    – Como você se chama? – perguntei, buscando intimidade.

– Chamam-me de o "Caçador de uma flecha só".

– Que nome comprido você tem.

– Então quer dizer que você quer encontrar a Grande Serpente? – perguntou-me, já sabendo o que eu queria.

– Sim. Preciso… – interrompeu-me, antes que eu continuasse a falar.

– Para viver o presente e construir o futuro é preciso retornar ao passado – sentenciou, enquanto eu apenas recolhi os ombros, balançando a cabeça para concordar com aquele homem desconhecido. Não estava em condições de discordar de alguma coisa.

– O que o senhor, Caçador, quer dizer com isso?

– No passado, Kayode, os povos Dan desmataram, exterminaram a biodiversidade do nosso planeta. Promoveram queimadas. O vento aumentou e a nossa estrela ficou muito quente. Todos nós ficamos sem respirar. A Floresta Encantada foi quase destruída e, para equilibrarmos, resolvemos nos silenciar. Nesse ínterim, escravizaram o nosso povo. E, agora, uma vez mais, os nossos sistemas e segredos estão em perigo. Os seus mais velhos estão morrendo. Cairão no esquecimento eterno e, as suas histórias, serão uma vez mais recontadas, sequestradas, silenciadas. A Floresta Encantada será apenas um mito longínquo e esquecido. Nós nos retiramos. Muitos povos vivem aqui, mas você não pode enxergá-los.

– E você sabe o meu nome?

– Sim, eu tudo sei.

– Olha, Senhor Caçador, não sei como chegar à serpente. Tenho muito medo de cobras. Não sei como poderei enfrentá-la.

– Os nossos medos não podem nos paralisar. Temos que respeitá-los, controlá-los, jamais deixá-los barrar os nossos propósitos e objetivos na vida. O seu povo, e o destino da Floresta Encantada, dependem de você. Abra sua mão.

Trêmulo, estendi o braço e fechei os olhos. Não queria ver o que aquele homem tinha para me dar. Certamente não era algo bom, pensei, na minha limitação humana plasmada pela covardia. Mas, para a minha surpresa, ao abrir os olhos, dei-me conta que o caçador me entregou um *ofá*, um arco e flecha, o mesmo que eu carregava no meu rosto. O mesmo *ofá* que foi motivo, por anos, de vergonha entre os meus. Em todos os cantos de Keturumí.

— Mas os tenho no meu rosto.

— Você é um *omorodé*. Nasceu para caçar. E o seu encontro com a serpente será a sua maior caça. Lembre-se, Kayode, você não anda só. Siga por entre os caminhos de pedra, logo após o Rio Osogbo, e você encontrará a serpente. Na hora certa você saberá o que fazer. Escute o seu coração. É para lá que todos devemos ir. E você seguirá caçando histórias.

Antes que me concentrasse no *ofá* em minha mão, as máscaras, o Caçador e a cabana tinham desaparecido, mas, como num passe de mágica, o *ofá* estava ali comigo. Era a prova derradeira de que aquilo não foi um sonho e de que a Floresta Encantada tinha, de fato, suas magias, seus encantos, mistérios e segredos. E como disse a minha mãe, segredos são segredos. Deveriam ficar comigo, acontecesse o que me acontecesse.

Algo dentro de mim já dizia que faltava pouco para o fim. Podia sentir o coração de Merê bater cada vez mais devagar. Os seus olhos estavam perante as lembranças mais tenras. Corri por cerca de trinta minutos por entre as pedras e pude finalmente avistar o rio que conseguia observar da cabana. Um rio tranquilo, águas cálidas e mornas. Quando pus os pés na água, senti um vento forte e um redemoinho se formou. Fui tragado pela força da correnteza que apareceu instantaneamente. Cansado, não ofereci resistência. Deixei o meu corpo ser levado, catando um arbusto para me equilibrar e colocando a boca para fora em busca de um fiapo de oxigênio. De dentro da água, tinha uma outra perspectiva da flora exuberante da Floresta Encantada. Notei que sapos e outros répteis assistiam, parados, o meu corpo imergir e emergir da água numa luta pela vida. As águas do rio finalmente me cuspiram à margem de um pequeno manguezal. Eu estava ensopado, sujo de lama, que se grudou ao meu corpo de um jeito gelatinoso. Pânico generalizado. No nariz, a sensação de que havia bebido água e que esta tinha chegado ao meu pulmão. Tossi, buscando colocar a água para fora. Os ouvidos estavam completamente tampados e mal conseguia ouvir a minha voz. Quando finalmente consegui me levantar, deparei-me com uma Máscara Gigante. Seria ela um prenúncio de morte? Comecei a gritar o nome de Merê.

– Acalme-se! O seu amigo está bem. E eu não sou a morte.

– E por que deveria confiar em você? – retruquei, de forma agressiva.

– Bom, você tem outra opção?

– Não, não tenho.

– Então se acalme. Você precisa entender que enquanto tiver medo da serpente não poderá encontrá-la e muito menos enxergá-la. Ela te observa desde o dia que você colocou os pés na Floresta Encantada. Os nossos medos não nos deixam enxergar aquilo que a gente quer muito ver.

– Estou cansado dessa prosa. Quero sair daqui. Reencontrar Merê e voltar para casa.

— Você ainda não entendeu que pode nunca mais voltar à sua casa? E, talvez, se conseguir voltar, já seja tarde demais? Tudo poderá estar destruído.

— Eu não acredito em você! — Gritei, tampando os ouvidos, sem querer ouvir aquele que era, certamente, mais um espírito da Floresta querendo me desviar da serpente. E completei:

— Passei a vida inteira querendo conquistar as pessoas. Fugindo de mim, de quem eu verdadeiramente era. Todos tinham medo, aversão a mim.

— Está na hora, meu rapaz, de abandonar a retórica do mesmo, do outro, da identidade e da alteridade. Aqui na Floresta Encantada vale a multidiversidade. É ela que você precisa processar, de forma orgânica. Aqui somos o todo.

— Mas tenho o direito de ser quem sou. E sou diferente dos outros. Quem é capaz de falar com animais e até com espíritos?

— É preciso avançar. Não devemos mais apenas pensar no direito de ser diferente dos outros ou vice-versa. Nem tampouco estabelecer romanticamente uma relação de paz entre nós e o resto. É preciso mais, meu rapaz, muito mais! É preciso deslocar-se até os outros, numa viagem crítica por nós mesmos, pela subjetividade.

— Quer mesmo saber? Cansei de vocês, dessas máscaras. Quem está aí por trás? Mostrem os seus rostos? Por que se esconder? Olhem para mim. Cara limpa. Eu não preciso me esconder. Vocês camuflam as suas essências. Eu estou aqui, por inteiro. Entendem a diferença? — falei gritando, com a fúria de quem soca uma parede de concreto com o punho fechado.

— É preciso paciência, menino! É preciso paciência. Ao mesmo tempo que o *asé* juvenil é transformador e libertador, a ansiedade que o acompanha precisa estar sob controle. A serpente é o seu maior medo e se assim seguir, de forma intempestiva, não a verá.

– Os povos Dan vão chegar ao meu reino. Irão destruir o meu povo. Não tenho muito tempo para salvar Merê. E você me pede para ter paciência? – Chorei copiosamente. As lágrimas rolaram e se transformaram em bolhas de sabão que subiam em direção ao céu pesado de nuvens, delicadamente estourando lá bem alto.

– Enxugue as lágrimas. Deixe-as para quando você rever Merê, porque vocês irão se reencontrar.

Agachei e, em posição fetal, chorei por alguns minutos. Os cantos dos pássaros e os ruídos sempre tão presentes na Floresta de repente ficaram longe e eu os ouvia cada vez menos. Caí no sono uma vez mais e sonhei abraçando Merê, Ìyá Oká e Babá Aganjú. Um sonho real, como são os sonhos quase sempre, premonições da realidade. Os sonhos são as realidades passadas a limpo.

Acordei sob o zumbido de um inseto. Olhei para o céu e lá estava uma abelha, uma rainha africana, em seu voo de morte, ávida e pronta para atacar. Eu me comuniquei com ela por meio das glândulas presentes em sua cabeça, recorrendo às proteínas de seus sistemas glandulares. Dizia estar zangada por conta de ácaros que tinham invadido a sua colmeia. A abelha, rainha africana, era, na verdade, o espírito da minha tataravó, princesa de Ojuobá. Foi ela, a minha tataravó, que me tirou dali e me conduziu até a porta do templo Makatu. Segui os seus passos.

10
A Serpente do Pote de Barro

Tudo aconteceu muito depressa. Quando menos imaginei, lá estava eu, com o coração acelerado, em frente ao Templo Makatu, o ninho da serpente. Logo na entrada, havia uma inscrição que o dividia em dois andares: *àiyé e òrun*. Optei em seguir pelo primeiro andar, *àiyé*, onde mais abaixo se lia que aquele era o domínio da existência humana, dos animais, pássaros, plantas, insetos, rios, lagos, mares, montanhas. Já no caso do *òrun*, havia uma epígrafe em letras garrafais chamando-o de lugar dos seres invisíveis. O ninho da serpente era assustador. Fui adentrando, inspecionando e reconhecendo cada um dos cômodos. No caminho, excesso de ossos humanos e de outros animais, restos mortais de aranhas, formigas e pássaros. O silêncio que mais parecia as profundezas do espaço e um leve cheiro de bicho morto que aumentava a minha ânsia de vômito. Havia lugares mais escuros e umedecidos que outros, mas absolutamente cada detalhe do lugar cheirava a pânico.

Já no segundo cômodo do primeiro andar, a porta estava entreaberta e terminei de abri-la devagarinho, sem querer assustar a serpente que, imaginava, provavelmente estaria dormindo naquela repartição do casebre. Tomei um enorme susto quando me deparei com uma derme de serpente de mais de dois metros de comprimento. Imagina a dona desse casaco de pele, pensei. Perplexo com o que via, senti a respiração ainda mais descontrolada, por puro nervosismo. A pele perante os meus olhos era exuberante, lembrava as cores de um arco-íris. Comecei a rezar, rogando para não encontrar a dona daquela roupa, o que obviamente seria inevitável, já que o pote de barro provavelmente estava com a serpente e eu não poderia sair dali sem ele.

Até chegar ao ninho, eu já havia andado muito com Merê, até onde as nossas forças aguentaram. O processo de estar perdido na Floresta Encantada já tinha mudado completamente a minha personalidade. Eu não era mais o mesmo. Os meus traços psíquicos, antes marcados pelo *ara*[58], *èmí*[59], *orí*[60] e *ese*[61] estavam sob prova. O meu *òjìiji*[62] e *ibínú*[63] também tiveram em jogo o tempo inteiro. Naqueles dias, com tantas descobertas e experiências, eu me sentia como se tivesse renascido, tal qual as lagartas o fazem por meio do ovo, larva e pupa até chegarem ao estágio adulto e se transformarem em borboletas. Aquela experiência me remetia a conexões mais profundas com a vida. Somente ali, frente ao perigo iminente, fui capaz de entender por que Babá Aganjú me dizia tantas vezes que os elementos internos à personalidade do nosso povo eram predestinados. Ele repetia marcadamente que, para além da individualidade da pessoa ou de sua cabeça, era preciso levar em conta não apenas a nossa herança familiar, mas também o antepassado que regressou, numa origem primordial de *asé*. O meu *orí* havia me levado até ali e eu precisaria ser forte para enfrentar o

---

[58] *Ara*: corpo.
[59] *Èmí*: alma.
[60] *Orí*: cabeça interior.
[61] *Ese*: pernas.
[62] *Òjìiji*: sombra.
[63] *Ibínú*: temperamento.

que vinha. *A kì í dá esè asiwèrèé mò lójú-ònà*[64]. Mas cheguei. Andei muitas vezes devagar e parei bastante, mas cheguei. Atravessei as estradas, mas antes me dei o direito de tomar atalhos. Nem sempre acertados, mas os tomei assim mesmo, embalado pela teimosia da pulsão juvenil que residia na minha alma de caçador de histórias. E eu não estava nem aí para nada. O que realmente importava é que cheguei e precisaria fazer valer o meu destino. Era, enfim, um louco.

Enquanto refletia em silêncio, fui subindo pelas escadas que me levariam ao segundo andar do templo. Pisava suave sobre o chão de madeira, como se fosse uma pena plainando no ar. Lá de cima notei que, no centro do templo, havia um relógio antigo, de madeira, que funcionava com base na pouca luz que vinha de fora. Ao lado do relógio, uma fonte de água cristalina, produzida a partir das lágrimas de aranhas trepadeiras, que faziam o trabalho magistral de construção de figuras fractais. Eu era fascinado pelas aranhas. Elas me remetiam ao suplício de Merê, cujo sopro de vida era partilhado comigo e dependia do desfecho daquela busca insana e suicida por um ofídio guardião do pó mágico.

O engraçado é que não havia, até ali, qualquer sinal de pessoas. Tudo naquele lugar estava em extrema harmonia com a natureza, com os bichos e a vida inanimada da Floresta. O único vestígio de que pessoas haviam passado por aquele bioma um dia estava na enorme quantidade de ossos humanos espalhados por vários sítios do templo e da Floresta. Impossível não pensar em Babá Aganjú, uma vez mais, dizendo para mim que não deveria jamais haver hierarquias entre os povos, entre as pessoas, pois, no final, o único destino certo, independente da origem e de nossa

---

[64] *A kì í dá esè asiwèrèé mò lójú-ònà*: Ninguém reconhece a pegada de um louco na estrada.

constituição intrínseca, era a morte. Nenhuma tecnologia, dos nossos tempos ou de outrora, tinha conseguido driblar a certeza da morte, repetia ele. E ainda me dizia que era ela, a morte, todo dia um tiquinho, que estava a nos esperar no final da vida, que deveria seguir num outro contexto. Diante de tantos cadáveres naquele templo, um cemitério de almas desconhecidas, questionei-me seguidamente sobre as histórias das pessoas que ali passaram. Quem eram? Qual idade tinham? Que queriam ali? Talvez eu mesmo fosse me juntar aos cadáveres. Quiçá esse fosse o meu destino, que deveria ser cumprido, e, decerto, fosse fazer parte daquela história de morte, logo eu que havia ido buscar ali o último sopro de vida.

Numa sala à minha direita, havia vários pergaminhos e imagens de uma cabaça. Tratava-se, na verdade, de uma representação artística da cosmologia do nosso povo, sempre guardada de mim pelos mais velhos, num baú trancado à sete chaves. A cabaça, dividida em duas partes, trazia a inscrição *àiyé* e *òrun*, masculino e feminino, permeada pela palavra *asé*. Mais abaixo do desenho, se lia que o *asé* era a força que permitia às estrelas brilhar, os ventos soprar, a chuva cair, os relâmpagos cortarem o céu, os trovões tronar e o rio fluir. Era o *asé* que dava o amorfo, o movimento ao imóvel e a vida a todos os seres vivos. Era a cabaça da existência, em suas duas metades, que unia o mundo material e o invisível, as águas primordiais das quais o mundo físico havia sido criado, que finalmente conectavam-se à minha existência como fonte de vida primordial. Somente ali, vendo aquelas imagens e cruzando a cosmologia recém-descoberta com as histórias vividas, sentidas e partilhadas por Ìyá Oká, Babá Aganjú e Íyámorò, fui capaz de fazer sinapses precisas e videntes, como nunca antes, sobre como os povos Dan se engendravam em acessar e manipular as existências, como se deuses fossem, semeando a morte. Mas, para o meu povo, pensei, cada um de nós era um grande rio subterrâneo que as almas dos mortos deveriam cruzar em seu caminho para o *òrun*. Como resultado, sempre que alguém morria, dizia-se que essa pessoa cruzou o rio. E, com ela, transcorriam suas escolhas e suas loucuras.

Mas antes que terminasse os meus pensamentos fui surpreendido por um cheiro forte de enxofre e uma voz estridente às minhas costas:

– E sou eu, o arco-íris, a cobra celestial, que conecto o rio terrestre ao céu, ajudando a reciclar a água que cai como chuva do céu. E é essa água que ajuda a sustentar o mundo físico.

– Nossa, a serpente!!! – disse, com cara de susto.

– O que você pensa que está fazendo aqui, seu intruso? Por acaso você não sabe que esse é um lugar proibido para você?

Não tinha mais jeito. Lá estava ela, olhando friamente para mim, a temida Serpente do Pote de Barro. Ela existia. Não era lenda. E agora?, pensava. Como iria escapar daquela cilada? Eu, que tanto temia as serpentes?

Por questões de segundo pensei em fugir. Dar para trás. Não a enfrentar. Imediatamente pensei em minha mãe, do dia que quase seria um *àbíkú*. Pensei em Merê, no meu povo, e no esforço de ter conseguido chegar até ali. A serpente não parava de me olhar. Mirava-me fixamente com os seus olhos da cor de sangue. Sua língua, assombrosa, não parava de se mexer, como se fosse uma poderosa antena, captando partículas de odor no ar, codificados no céu de sua boca. Seu corpo se contorcia numa dança frenética, em forma de curva, ocupando os espaços do vazio que nos separava. Ela estava atenta a cada movimento de meus músculos. Eu quase que sequer respirava e estava convicto que ela poderia ouvir as batidas do meu coração. O seu olhar parecia querer me hipnotizar. Mas não arredei o pé e, embora apavorado, tentei demonstrar a tranquilidade de uma tartaruga. Dei um passo para esquerda e outro para a direita. E ela se moveu junto, como se quisesse deixar claro que dali eu não passaria e era ela quem mandava. Cada movimento meu estava sendo milimetricamente e estrategicamente monitorado por ela, a grande víbora, com presas finas de serrote afiado.

– Então você acha que chegaria até aqui e sairia em paz, meu rapaz? Você não sabe o perigo que corre – disse-me, em tom de ameaça.

– Eu não tenho medo de você – respondi, com segurança, de forma altiva, para disfarçar o nervosismo que me petrificava. – Vim buscar o pote de barro e não sairei daqui sem ele.

– Ah, então você quer o pote de barro... Mas você é muito audacioso. Jamais o levará. Antes terá que passar por cima de mim.

Dito isso, mais hábil e mais rápida do que eu, ela avançou bruscamente em minha direção. Eu saí correndo em desespero e ela se enrolou velozmente ao mastro da porta principal por onde entrei, como se tivesse abraçando uma árvore de *Iroko*, e se colocou em posição de ataque. Seria o golpe final. O fim da linha para mim. A serpente era horripilante. Tinha patas. Provavelmente seus ancestrais eram de origem terrestre e não marinha como a maioria das serpentes das quais eu fiz questão de fugir por toda a minha vida. Enquanto olhava para mim com extrema fúria, uma fumaça densa, como se fiapos de palhas estivessem sendo queimados, saía de suas ventas. As asas desacoplavam do seu corpo como se fossem embutidas por meio de uma sofisticada tecnologia. Enfurecida, a serpente soltou-se do mastro e começou a voar sobre o templo. As asas fortes e escamosas com penas metálicas agitavam o ar sobre o templo e sobre a minha cabeça de forma que uma nuvem de poeira se formou, me impedindo de enxergar qualquer objeto que se encontrasse a um palmo do meu nariz.

– Você jamais sairá vivo daqui. Jamais! – repetia a serpente, expelindo fúria.

– Não só sairei como levarei comigo o que vim buscar – retruquei à provocação, para desespero da peçonhenta, que cuspia fogo em minha direção.

Tentando me abrigar, me joguei embaixo de vigas grandes de pedras no centro do templo. A serpente, percebendo que me aproximava do pote, pousou e começou a me atacar em todas as direções, com botes fortes e orquestrados, cada vez mais próximos do meu corpo. Eu tinha que estar pronto, pois, estava seguro, ela iria destilar o seu veneno mortal em minha direção e estaria aniquilado. Enquanto me esforçava para fugir do seu radar, ela lançava sobre mim vários golpes com sua cauda tenaz que trazia um enorme chocalho. Sempre que a sacudia, os animais à volta ficavam paralisados. O som que emanava do chocalho era proporcional à fúria da serpente. Era a forma que tinha de disseminar terror. Mas em momento algum me acovardei. Avancei destemido. A imagem da serpente decerto me provocava desbrio, mas tinha um objetivo maior ali. Havia vidas em jogo.

Passados alguns minutos de luta, sabia que não teria chances. Não sairia vivo da Floresta. Seria uma história vencida, mais um nas estatísticas do fracasso. No entanto, quando a serpente enfurecida se colocou em frente ao pote e abriu as suas asas gigantes parecendo que iria dar o último golpe, o *ofá* que me foi presenteado pelo Caçador começou a brilhar em minhas mãos. Vi descer pelas muralhas de vegetação daquela Floresta um beija-flor. E, com ele, senti a presença das aves, peixes, plantas, borboletas, anfíbios, répteis, abelhas e mamíferos. O beija-flor mergulhou num voo certeiro, chegou aos meus ouvidos e cochichou para que apontasse o *ofá* em direção ao peito da serpente e disparasse. E assim o fiz. Fui tomado por uma força que não sabia de onde vinha. Não estava só. A minha mão foi conduzida pelas mãos de meus mais velhos e, numa só flechada, a serpente alada caiu por terra. Quando tombou ao solo como uma jaca pesada, o dia virou noite. Houve silêncio geral e a serpente soltou um tenebroso grito de dor antes de tombar pela segunda vez. Dos seus olhos rolaram lágrimas de sangue e, do pulmão, um último suspiro. Atrás dela, intacto, o pote de barro. Corri, apressado, para agarrá-lo. Ao passar pela serpente notei que ainda vivia, agonizando rumo ao leito da morte. Ela então me disse:

– Em pensar que você estava com medo de mim... Foi muito mais fácil do que você imaginava, não é mesmo?

– Não queria feri-la. Precisava pegar o pote.

– Não vou morrer. Sou eterna. O medo do Universo não sucumbirá com a derrota de hoje. Enquanto existir o medo, eu viverei. – A temerosa serpente transformou-se em cinzas e saí do templo carregando o pote de barro entre os meus braços, apoiado sobre o meu peito, como se o pote fosse todo o Universo e, por isso mesmo, seria um perigo deixá-lo cair no chão. A partir daquele ponto, passei a ser o guardião do pote de barro.

11
O regresso

O tempo estava fresco e algumas poucas estrelas despontavam no céu. Lembrei saudoso do firmamento de Keturumí. Mas o duro agora seria refazer o caminho de volta e encontrar Merê para juntos regressarmos à cidade. No caminho fui pensando sobre os meus mortos. Sobre os lugares da minha existência que sempre evitei passar. A experiência na Floresta Encantada me devolveu a autoestima e havia finalmente entendido que nem tudo na vida poderia ser resolvido pelo destino. Muitas coisas dependiam de mim, das minhas emoções, e não dos outros ou das circunstâncias.

Estava exausto. Sem ainda conceber o que me havia passado na Floresta Encantada, entrei em desespero e ansiedade. A minha pele, rasgada, cobria a carne vermelha e as veias do meu corpo que se enchiam de mosquitos. Não fazia ideia por qual caminho seguir até reencontrar Merê. Estava bastante machucado, por dentro e por fora. Agarrei o pote de barro com as forças que me faltavam e segui mata adentro. Quanto mais corria entre as árvores, mais mato se colocava à minha frente. Depois de alguns minutos correndo na mata, adormeci. Fiquei muito sozinho e vulnerável. Me senti abandonado. Pela primeira vez naquela noite, havia dormido profundamente até o amanhecer, embora com sonhos intermitentes, em que Merê aparecia rindo para mim. Conseguia ouvir os seus soluços. Numa das lembranças, eu o vi envolto em uma enorme teia de aranha, pronto para ser devorado, como o tempo faz com nossas histórias e, outras vezes, com a nossa vida, num desespero antropofágico.

De manhã, entre a velha neblina úmida da Floresta, levantei e sacudi o rosto. Olhei para o alto e vi pássaros cantarolando em diáspora. Eram parecidos comigo. Buscavam um rumo, um porto seguro e, como eu, estavam em rota de regresso.

Aos poucos, fui me perdendo arvoredo adentro. Cada passo que dava estava em descompasso com os meus pensamentos. A voz rouca de Babá Aganjú sempre comigo, me advertindo sobre os perigos latentes ao transpor a estrada que levava à Floresta Encantada, que sempre foi uma questão para nós e, agora, estava no horizonte, aos meus pés, e eu aos dela. Vivenciei processos de vida e morte naqueles dias. Senti a dor dos bichos, dos rios e da chuva e, mais importante, dos espíritos que ali viviam. As árvores de *Iroko* eram elas mesmas o fim do mundo. Era minha sina levar a vida e a fala ao meu reino. Não deixar que as palavras morressem de uma vez por todas. Deveria evitar que os nossos segredos fossem sequestrados das novas gerações. Que sina a minha, repetia.

O encontro com a serpente trouxe-me a potência da coragem. Devolveu-me confiança e uma outra perspectiva sobre como me posicionaria frente aos desafios. Fui sempre uma criança que respeitou as regras do jogo, os meus mais velhos, os limites do tempo. Entendi sempre que, do Tempo, ninguém consegue fugir e nem esconder as intenções e a solidão. Não havia linearidade possível na imprevisibilidade da vida, mas a circularidade nos envolvia e nos potencializava para desafiar as ordens dadas. Haveria de encontrar coragem para mover as cordilheiras.

Lembrei-me do dia que Merê jurou que nunca me esqueceria. Ele disse que havia visto um pássaro de metal enorme no céu e tinha certeza de que, um dia, eu e ele deixaríamos Igbó rumo a outros planetas. Desconfiei, não posso mentir. Merê sugeriu, num desejo carinhoso, que embarcaríamos numa dessas máquinas e recomeçaríamos num outro lugar do Universo. Ri dele nesse dia. Achei patético. Quem sabe ele estava certo. Tudo é possível. Os sonhos são presumíveis. Os medos é que não nos deixam avançar.

Estivemos, um dia, Merê e eu sentados ao redor do nada por um longo tempo. Olhei para ele com olhos de gatos arteiros como se quisesse uma vez mais confiar-lhe a minha amizade e os meus sentimentos. Ele me olhou com aqueles olhos aveludados pela vida e apenas disse, no silêncio, que nem a morte nos separaria. O regresso, em meio à ansiedade do que aquilo significava, estava me deixando maluco. Estava vendo coisas e, o medo inconstante, uma vez mais, sabotando os meus sentimentos e as minhas esperanças do reencontro.

Numa rocha, ao meu lado, começou uma chuva miudinha, serena, a chuva dos tolos por amor. Nem me dei conta quando ela, a chuva, foi passando fininha de um lado para o outro da Floresta e, lá em cima no céu, um arco-íris, um espelho d'água, um espelho de hesitações e desassossegos, típicos dos apaixonados. Quem sabe assim, um adolescente de dezesseis anos poderia, finalmente, entender aquela mistura de sentimentos conflituosos, proibidos, mas possíveis, em meio a um corpo que não sabia bem quem era e qual era o seu lugar no espaço e no tempo. Mas que, para o amor, não haveria de ter limites. Nunca.

O regresso foi solitário. Quem, afinal, nunca morreu de saudade? A saudade, ali, era a expressão do caminhar sozinho, inerte por entre os cadáveres dos animais que, sem história, jamais voltariam. No regresso, teria que lidar, de uma vez por todas, com o medo, a vergonha e, quem sabe, com a coragem de poder dizer a Merê e ao mundo o que verdadeiramente sentia. Não haveria de existir qualquer ressentimento ou tolerância com os povos dos reinos Dan. A eles todo o meu desprezo. Eles não poderiam mais controlar o meu corpo, as minhas emoções e a minha existência no mundo. Entrei num transe profundo.

Passados três dias, recuperei os sentidos e me dei conta que estava vivo. Perdi o tino, afinal experimentei, na Floresta Encantada, as múltiplas mortes do ser eu mesmo, em rota de fuga permanente. Quando acordei, já estava em frente ao corpo empacotado de Merê e, ao seu lado, a aranha, pronta para devorá-lo.

– Não faça isso! – gritei, em tom de desespero. Ela então olhou para mim sacudindo os ombros, numa tentativa de esnobar o meu pedido.

– E por que eu faria isso? Você está atrasado.

– Mas não é você que controla o tempo – indaguei-a.

– Ninguém pode controlar o tempo. O tempo de passagem do rio, da queima de uma vela, o tempo que levo para voar de um lado ao outro da mata ou para ensalivar a minha presa. O tempo é um mensageiro. É ele que encomenda a vida e a morte. E o seu tempo acabou, faz algumas horas – respondeu-me, em ultimato.

– Mas cheguei. E tenho o pote de barro. Deixe Merê em paz. Devolva-me o meu amigo.

– Devo confessar que estou surpresa, porque ninguém jamais escapou à magia da Floresta Encantada. Como você conseguiu? Ninguém nunca conseguiu sair do ninho da serpente.

— Consegui porque a minha cabeça mudou em relação a muitas coisas. Decidi que não seria uma presa fácil para a morte e, a serpente era o meu próprio medo. Eu estou livre. Eu nasci livre. Sou um *omorodé*. — Dito isso, joguei parte do pó mágico sobre a aranha que, cega, desfez a teia e o seu encanto sobre Merê, que despertou do sono profundo.

Ao acordar e sem me encarar, Merê parecia perdido entre mundos. Olhei-o sem palavras por alguns minutos, num silêncio infinito como se tivéssemos em liberdade pelo espaço sideral. Foi então quando ele me olhou serenamente e disse:

— Kayode, você está aqui. Sabia que você conseguiria. — E, naquele abraço, senti a paz do mundo e o cheiro do belo e do bom. Dos amores velados, interpostos. Não tive a mínima vontade nem pretensão de me esquivar daquele abraço. E quando menos esperava, recebi um beijo carinhoso no rosto, que foi devolvido, como se tivéssemos todo o tempo do mundo para ficar ali.

12
O confronto final

Passava de pouco mais das dez da manhã. Regressamos Merê e eu a Keturumí. Quando nos aproximamos do nosso bairro, um gato saltou elegantemente sobre a rua vindo do jardim de uma casa abandonada. Era um gato esperto, vibrante, metido a besta como somente os gatos sabem sê-lo, com seu bigode negro e olhos azulados, com uma cauda serelepe. Estava escondido, à espreita, querendo xeretar alguém que passasse. Ao adentrarmos os limites da cidade, logo nos demos conta que algo estranho havia acontecido, mas, o gato não tinha qualquer consciência ou esboçava reação para algo anômalo. Os gatos são sempre despretensiosos.

– Merê, você sente essa atmosfera? – perguntei, encafifado.

– Sim, Kayode, um vento estranho, frio e mórbido. Algo muito raro está acontecendo aqui.

A cidade estava lenta. As tecnologias paralisadas. Algumas casas de argila estavam atiradas ao chão. As pessoas não respondiam por si, andavam feito zumbis, cabisbaixas. Ninguém respondia aos nossos estímulos nem nos reconhecia. Ao cruzar com colegas da escola e lhes chamar pelos nomes, apenas me olharam sem medo, indiferentes à minha presença, logo eu que nunca passei despercebido, vítima de zombaria gratuita e deliberada. Os meus colegas de classe olharam para mim e disseram que eu estava morto e que, portanto, só poderia ser um mutante. Os animais nos olhavam desconfiados e eu não conseguia, como antes, comunicar-me com eles. Avistei uma das minhas professoras que, com lágrimas nos olhos, tocou o meu rosto, numa tentativa impulsiva de reconhecer a cicatriz que me marcava e me distinguia entre os outros tantos alunos que teve. Como os meus colegas, a professora acreditava que eu estava morto. A cidade de Keturumí estava sitiada. Pessoas caminhavam a ermo, sem nexo, sem rumo, não diziam coisa com coisa. Havia zumbis por todos os lados.

Merê e eu nos apressamos para encontrar as nossas famílias. Ao chegarmos à casa dele, havia velas no chão, na porta de entrada, e muitas pessoas em silêncio. Ninguém nos reconhecia. Cenário de terror. Logo nos demos conta que estava acontecendo o velório da avó de Merê. Ela tinha partido.

Merê, chorando, disse:

– Tio, sou eu, Merê. O que está acontecendo? Por que vocês não falam comigo? Estou aqui. O que houve com minha avó?

– Mas a nossa angústia só aumentava com os olhares perdidos, desencontrados e silenciosos que vinham em nossa direção.

– Merê, precisamos sair daqui. Algo de muito ruim está acontecendo. Vamos procurar minha mãe e Babá Aganjú. Eles certamente terão uma explicação para esse enredo, se também não estiverem fora de si. – Propus a Merê, na tentativa de tirar aquela pobre alma dilacerada do cenário de tristeza, inevitável e doloroso, por certo, que foi presenciar o corpo da mãe-avó estirado no baú fúnebre, sem qualquer aviso prévio, sem uma despedida digna.

– Você tem razão, Kayode, vamos sair daqui. – E, olhando para a avó, Ayana, estirada no caixão, acenou à distância despedindo-se dela para sempre. O meu coração parecia passar pelo buraco de uma agulha.

Poucos minutos depois, encontramos Babá Aganjú à nossa espera na porta de casa.

— Tinha certeza de que você conseguiria, Kayode. Entre. Depressa. Por aqui. — Nos indicou, apontando a direção da porta dos fundos.

— Babá, que bom que o senhor está bem e nos reconhece — disse, abraçando-o. — O que está acontecendo na cidade? As pessoas parecem sonâmbulas, hipnotizadas.

— Não, filho, é impressão sua. Elas estão bem. Passe-me o pote de barro.

— E cadê minha mãe? Não consigo vê-la — perguntei-o, esticando o pescoço para os lados em busca de Íyá Oká.

— Está por perto. Foi recolher ervas no mato, mas já deve estar voltando.

Antes que aquele homem desse mais um passo ou abrisse sua boca mentirosa, gritei a plenos pulmões:

— Merê, corre, esse homem não é Babá Aganjú. Ele está nos enganando.

E saímos, os dois, em disparada pela porta da frente, como se fôssemos um relâmpago. Velozes como um leopardo. O homem começou a gritar, pedindo que alguém nos detivesse, mas as pessoas permaneceram em seu estado flagrante de inércia. Ninguém moveu um músculo enquanto Merê e eu nos metemos por entre os arvoredos, buscando fugir para mais longe possível, para, quem sabe, procurar uma explicação lógica para aquela sucessão de fatos que não faziam sentido.

— Kayode, o que está acontecendo?

– Desconfio que fomos invadidos pelos reinos Dan. Estão no controle da cidade. Keturumí está encurralada, Merê. Se pelo menos soubéssemos onde está Babá Aganjú e minha mãe...

– Aquele homem, seja lá o que ele for, queria o pote de barro. Deve ser algo muito valioso para eles – afirmou, Merê, propondo conexões explícitas entre os eventos.

– O pó mágico, Merê, é o antídoto para acordar as pessoas da amnésia coletiva. Da condição partilhada de esquecimento, que antes estava destinada apenas aos mais velhos da cidade, mas que agora parece generalizado. Nunca vi algo parecido. Assustador. As pessoas estão num outro mundo de consciência.

– E o que faremos, Kayode? O que podemos fazer? Somos apenas nós dois contra, quiçá, povos inteiros, um exército de invasores. Sequer sabemos quem são, quantos são e onde estão. Já sabemos, inclusive, que podem se transfigurar nos nossos. É como procurar agulha num palheiro.

– Calma, Merê, nós vamos conseguir. É preciso ter coragem. Nós chegamos até aqui e não será agora que os malditos vão nos deter.

Ìyámòrò me explicou, certa vez, que ao cair da noite a magia acontece. Que nada poderia se esconder do olhar revelador da noite, irmã do dia. Ela me dizia que a noite e o dia andavam lado a lado, assim como a sensação de existir e de morrer caminhavam juntas, inseparáveis. Não poderíamos pensar na morte dos nossos ancestrais sem antes celebrarmos a vida. E, na nossa cidade, muito antes dos eventos sinistros, já entendíamos que a vida era bela e precisava ser vivida.

Os povos Dan, por séculos, sonharam em nos dominar. Aqueles episódios só podiam ser coisa deles. Nós chegamos tarde demais, pensamos. Ficamos, Merê e eu, por horas arquitetando um plano que nos tirasse daquela situação e que levasse esperança às pessoas do reino. Gotas de chuva fina deslizavam pelas folhas da moita onde estávamos escondidos e, no ar, um cheiro de terra molhada trazia fortemente à minha memória a infância e a imagem de Babá Aganjú.

– Kayode, estou com medo. Cante uma cantiga para mim.
– E cantei, bem baixinho, uma cantiga de paz para Oxalá. Merê, aos prantos e me abraçando, certamente com saudades da avó que havia partido, permaneceu imóvel.

Desejei que aquele instante fosse eterno. Após a partida de sua avó, aquele foi o único momento de afeto que o meu amigo inseparável pôde ter. E eu, atônito, não sabia ao certo o que lhe dizer e o que fazer com aquele abraço que tanto me protegia. Apenas disse para ele que venceríamos e que voltaríamos a ser felizes, como nos velhos tempos. Deixei a sua cabeça encostada junto à minha e ali adormecemos, abraçados, buscando proteção mútua que só os velhos abraços são capazes de nos doar.

No dia seguinte, bem cedo, por volta das sete da manhã, ouvimos uma sirene tocar. Houve um movimento intenso das pessoas caminhando em marcha rumo ao centro da cidade. Aproveitamos o embalo para nos infiltrar por entre os zumbis incapazes de nos reconhecer e fingimos ser um deles. Ali, nos amontoamos, no centro da cidade, ouvindo discursos raivosos de ordem e de domínio. Agora estava confirmado: os povos Dan estavam no controle. Mantinham os dezesseis anciões guardiões dos portões mágicos como prisioneiros, todos eles sem memória, enclausurados no passado-presente.

Era por volta das quinze horas quando chegamos ao cemitério da cidade. Buscávamos as indicações da prisão dos anciões. Havia, na rua, profusos guardas-zumbis e, ao chão, restos de árvores apodrecidas. Quando passamos por uma concentração de árvores, que provavelmente iriam para o descarte, o imprevisível aconteceu: moscas gigantes começaram a nos atacar, em múltiplas direções. Eram incontáveis. Houve grande dispersão. As pessoas-zumbis saíram correndo, alucinadas, enquanto chacoalhavam as mãos e braços tentando se livrar das picadas intrusas. O ruído das asas das moscas em nossos ouvidos era psicologicamente aborrecedor. Para a minha grande malquerença, uma das moscas ficou presa aos meus cabelos, entrelaçada nos fios grossos e fechados. Corremos até um riacho que passava aos fundos do cemitério e nos jogamos, na esperança de que as moscas se dissuadissem. Recebemos algumas picadas, mas nos salvamos, apesar das leves dores de cabeça que sentimos e os inchaços em algumas regiões do corpo. Mas o fato é que as moscas dispersaram a multidão e podíamos agora nos posicionar mais de perto no que seria o esconderijo dos invasores. Carregava uma mochila nas costas e, dentro dela, o pote de barro intacto.

Alguns minutos depois à espreita, vimos três homens girafas passarem em direção a uma espécie de necrotério desativado dentro do cemitério. Imaginamos que ali estavam os nossos parentes e amigos. Esperamos que os guardas saíssem para que pudéssemos adentrar o lugar inóspito. Quando lá chegamos, de ponta de pé, nos deparamos com uma imagem que preferíamos não termos posto as vistas. Babá Aganjú, Ìyá Oká, Ìyámorò e os outros anciões juntos, enjaulados. Uns contavam pedrinhas e sementes e outros desenhavam figuras exóticas em folhas de papel. Babá Aganjú foi o primeiro a nos avistar chegando. Seu sorriso alegre já indicava que ele nos reconhecia, embora as palavras lhe saíssem lentas.

– Kayode, Merê, que bom vê-los, crianças.

– Babá, estávamos preocupados com vocês. O que houve? E minha mãe? Ela também não nos reconhece?

– Tão logo vocês partiram para a Floresta Encantada, os povos Dan invadiram a cidade, filho! Os anciões dos portões mágicos foram picados por aranhas geneticamente modificadas, que os fizeram esquecer e, rapidamente, deixaram de falar. E o resto da população, desde a invasão, tem sido controlada por uma tecnologia desconhecida. Os povos Dan tomaram o Centro de Informações Estratégicas da cidade. Não há o que fazer. Estamos condenados. As pessoas entrarão em estado extremo de deterioração. Só o pó mágico do ninho da serpente poderá restaurar a ordem.

– O senhor está falando desse pote? – perguntei-o, mostrando orgulhoso o pote de barro da serpente.

– Sabia que você conseguiria. Rápido, precisamos seguir para casa. Tentem nos tirar daqui. Procurem as chaves no recinto.

– Ora, ora, então quer dizer que temos visitas... Quando os gatos não estão, os ratos fazem a festa, não é mesmo? – Fomos surpreendidos por uma voz masculina, de um homem que exalava cheiro forte de enxofre parecido ao da serpente.

– Homens, peguem-nos! – ordenou ele, com ira.

– Deixe-os ir, Américo! – retrucou Babá Aganjú.

– Você acha que dois pirralhos serão capazes de vencer o exército mais bem preparado da galáxia? – respondeu Américo, com ar de superioridade.

– Vocês nunca sairão vencedores, Américo! – respondeu Babá Aganjú.

Enquanto discutíamos, dezenas de homens se posicionaram fora do prédio prontos para nos atacar. Não sobraria ninguém. O massacre era iminente. O pote de barro não poderia ser destruído. Apesar de não saber o que fazer com ele, estava convicto de que era a única saída do inferno instaurado pelos inimigos dos reinos de cima. Uma vez mais não senti medo. Queria avançar. Descarregar a minha ira naqueles malditos, pela avó de Merê, por todo o nosso povo.

Queria imaginar outras coisas para esquecer que as nossas histórias já estavam comprometidas. Os nossos mais velhos não raciocinavam mais. O sistema de pensamento deles já estava acometido por uma doença neurodegenerativa que os fazia, aos poucos, declinar as funções cognitivas. Suas personalidades estavam fragilizadas e, a memória, queimada, apagada. Àquela altura, os povos Dan já haviam descarregado os vários bytes de memória do nosso povo e processado os segredos milenares a nós confiados.

Merê e eu fomos algemados dentro do prédio e levados arrastados para o centro do cemitério, onde um grupo de homens armados nos aguardavam. Eles carregavam sofisticados equipamentos de guerra com mecanismos precisos de miragem. Os homens estavam vestidos com roupas extremamente "high tech", prontos para matar os corpos melaninados que, por séculos, aprenderam a conviver com a tecnologia e com a natureza, preservando informações passadas de geração para geração, no segredo do boca a boca. E, mais importante, tendo exorcizado o ódio aos algozes históricos.

Os povos Dan prepararam um paredão de fuzilamento. Aquilo não duraria meio minuto. Atirariam provavelmente primeiro em nossas cabeças para legar ao futuro que, animais inferiores que éramos, não poderíamos pensar e muito menos ousar nos rebelar contra a ordem dos seres superiores. Repetiam com ferocidade que iriam esfarelar as nossas cabeças e os nossos neurônios seriam jogados ao vento para que os pássaros carnívoros dessem conta deles, neurônios de quinta categoria que estruturavam as cabeças de seres inferiores a eles, povos Dan e, portanto, era por ali, pelo "casarão das memórias ancestrais", como eles apelidavam as nossas cabeças, que deveríamos morrer. Nada do que pensávamos ou sentíamos faria a menor diferença. Teríamos que morrer por, em tão tenra idade, ousarmos nos rebelar contra um regime colonizador, desumanizador, impiedoso em seu projeto de conquista interplanetária.

Enquanto o pelotão se preparava para atirar vinha à minha cabeça, o momento do meu nascimento. Senti a dor de Ìyá Oká ao me parir, mas também pressenti a solidão e a angústia dela em ter sido privada do amor pelas mesmas lógicas que, por ora, tentavam nos exterminar. Assim como fez Ìyámoró no meu nascimento, olhei para o alto e para o chão e bati *paó* em meus pensamentos. Os homens se aproximaram de mim e de Merê, zombaram de um jeito sarcástico do que eles chamaram de amizade íntima demais entre dois garotos e cortaram os nossos cabelos. Disseram para ficarmos quietos porque cortariam as nossas línguas e as usariam para alimentar os cães. Repetiam, aos risos, que as nossas vidas nada valiam. Lágrimas rolaram dos meus olhos uma vez mais, lembrando-me que, sim, eu era humano. Merê, ao meu lado, calado, olhando fixamente para uma pedra marrom em seus pés, cantava baixinho a cantiga de Oxalá que lhe ensinei. O nosso sistema nervoso central se contraía sentindo a morte que chegava, e só queríamos que o trauma fosse breve. Quando os guardas começaram a contagem regressiva para, no três, apertarem os gatilhos de suas armas que liberariam fótons energéticos que nos transformariam, num piscar de olhos de gato, em cinzas, o inesperado aconteceu. Eles contavam 'dois' quando a magia ancestral se fez presente. Um temporal titânico tomou conta da paisagem. A topografia do cemitério foi abalada por um forte terremoto, que acabou separando o bando coeso de soldados em dois grupos. Alguns homens assustados saíram correndo e gritando pela rua. Um beija-flor da Floresta Encantada apareceu no topo de uma das árvores do cemitério e, em voo rasante rumo ao meu *ofá*, beijou-me. Rapidamente, o arco e a flecha, os mesmos que o Caçador me entregou no coração da Floresta Encantada, apareceram à minha mão. Nesse momento, ouvi uma voz que vinha da terra. Num gesto incontrolável, obedecendo à voz misteriosa, apontei o *ofá* para Américo e, numa só flechada, acertei o seu coração. Ao vê-lo sangrar, a mesma voz que brotava da terra pediu-me para lançar ao vento o pó mágico do pote de barro e assim o fiz. Em questão de minutos, o céu brilhou e surgiu um arco-íris acima de nossas cabeças. Como na explosão dramática de estrelas, uma onda de choque evaporou os invasores do reino. Não sobrou ninguém. As pessoas do reino começaram a despertar, uma a uma. Olhei para o lado e Merê estava bem, sorrindo para mim. Desamarrei-o e fomos correndo resgatar os nossos mais velhos. Ao chegarmos lá, encontramos os anciões despertos do seu sono profundo do esquecimento. O encanto havia sido desfeito. Nos abraçamos na certeza de que finalmente poderíamos voltar para casa.

— Sabe, Merê, quero viver para contar histórias.

— Mas que histórias você quer ainda contar?

— Muitas. Infinitas. Sou como as aranhas. Gosto de tecer histórias. Aquelas dos amores breves são as minhas favoritas.

E seguimos ali, os dois, quietos, cúmplices, sob a luz cálida da manhã, observando os peixes do rio mergulharem em busca de comida e, sobre uma flor, o voo preciso, curto, arriscado e intenso de um beija-flor.

Glossário

A kì í dá esè asiwèrèé mò lójú-ònà: Ninguém reconhece a pegada de um louco na estrada.

Àbíkú: nascer (*àbí*), morrer (*ikú*).

Àdúra: rezas.

Agô: pedir licença.

Aiyé: terra.

Ajé: energias do mal.

Àkàsà: iguaria/comida litúrgica e sagrada na cosmologia yorubana.

Alá: pano branco.

Àmàlà: comida votiva destinada a Xangô.

Ara: corpo.

Asé: força criadora de todos os seres e elementos do Universo, poder.

Asésé: complexo rito de despedida dos mortos, cerimônias fúnebres, na cosmologia yorubana.

Awo: segredo, mistério.

Babá: pai.

Ebó: sacrifício, oferenda.

Efun: pó branco.

Èmí: alma.

Ere: personalidade infantil.

Ese: pernas.

Esú, Ogun e Osóssi: deuses da cosmologia yorubana dos caminhos, da tecnologia e da caça, respectivamente.

Eyín kó fara yín móra, Olówó e fara yín móra ò, Alákétu re, e ò fara yín mora, Èyín kóì fara yín móra, Alárè e fara yín móra ò, Owo Alákétu re e ò fara yín mora, Ìjì eò fara yín móra, Olówó Alákétu rè eò fara yín móra: Abracem-se uns aos outros! Aqueles que são ricos, abracem-se uns aos outros! Descendentes de Alákétu, abracem-se uns aos outros! Abracem-se uns aos outros! Alare Ketu [gente na diáspora], abracem-se uns aos outros! Descendentes de Alákétu, abracem-se uns aos outros! Ìjì, abracem-se uns aos outros! Ricos descendentes de Alákétu! Abracem-se uns aos outros!

Griots: mestres e mestras dos saberes da cultura africana.

Ìbínú: temperamento.

Ifá: oráculo yorubano, composto de coquinhos de dendezeiros.

Ìgbín: animal sagrado a Oxalá, deus da cosmologia yorubana.

Igbó: nome de uma aldeia e seu povo, na Nigéria, África.

Ìkómojáde: ritual na cosmologia yorubana para dar nomes aos recém-nascidos.

Ikú: morte.

Iroko: árvore sagrada e um dos deuses da cosmologia yorubana.

Ìsìn: cultos.

Ìtàn: mitos.

Ìyá: mãe.

Ìyámi Osorongá: na cultura Yorùbá, representa a sacralização da figura materna, guardadora do segredo da criação.

Ìyámorò: mãe dos fundamentos.

Kawó Kabiyèsi Xangô, Kawó Kabiyèsi Obá Kossô: Saudemos o Rei Xangô, saudemos o Rei de Kossô.

Keturumí: neologismo, a partir de Ketu, cidade Yorùbá da região da Nigéria.

Kosi ewe, kosi orisá: sem folha não tem orixá.

Obí: fruto sagrado na cosmologia yorubana.

Odò Ìyá: mãe do rio.

Odù: caminhos.

Ofá: arco e flecha, insígnia do orixá Osóssi.

Ojá: pano de cabeça.

Òjìijì: sombra.

Ojú Orí, Ìkokó Ori, Opa òtún, opa òsì, Ori pèlé o! Ori pèlé o: Vejo minha Cabeça, minha Cabeça nasceu, ela me escora à direita, ela me escora à esquerda. Cabeça, aceite minha saudação! Cabeça, aceite minha saudação!

Ojuobá: olhos (*ojú*) do rei (*obá*).

Okan: coração.

Olokum: deusa do mar na cosmologia yorubana.

Olúwos: guardiões dos segredos.

Omorodé: filho/amante (*omo*) do caçador (*odé*).

Oore, sùúrú, ibúra, òwò, olóòtòo, olóòdodo, iféni e èèwò: a bondade, a paciência, a promessa, o respeito, ser verdadeiro, ser justo e sincero, fazer caridade e respeitar os tabus.

Opom: tábua de madeira usada em Ifá.

Orí: cabeça; cabeça interior.

Orí eni ni isèse eni: O *orí* é um repositório de vida.

Oriki: louvação que relata fatos, histórias.

Orín: cantos.

Òrun: céu.

Osogbo: terra sagrada da deusa Oxum na cosmologia yorubana.

Oxumaré: deus da transformação na cosmologia yorubana.

Paó: saudação à ancestralidade batendo palmas ritmadas.

Suru ni oogun aiye, meu filho: paciência é o remédio para tudo na vida.

Xangô: deus da justiça na cosmologia yorubana.

Yagbá: fêmeas, mulheres.

Yorùbá: etnia. Agrupamento cultural. Idioma tonal africano (atual Nigéria) de forte contribuição à cultura brasileira. Língua ritual nas comunidades de terreiros na diáspora africana.

Esta obra foi composta em Arno pro light 13 para a Editora Malê
e impressa na Trio Gráfica, em fevereiro de 2025.